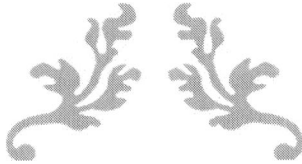

LA DONNA DEL CAPITANO

Saga dei Murray vol.2

SCARLETT DOUGLAS SCOTT

I° edizione aprile 2020

© 2020 – Solange Mela/Scarlett Douglas Scott

Tutti i diritti riservati

www.solangemela.it

Copertina: progettazione e grafica Greenleaf Studio©

Il presente volume segue l'opera

Ospite Inatteso

Quest'opera è dedicata alla mia gatta Dready,

che non mi ha mai permesso di mollare,
nemmeno nei momenti più tristi.

Pasqua, 12 aprile 2020

*La speranza ha due bellissimi figli:
lo sdegno e il coraggio.
Lo sdegno per la realtà delle cose,
il coraggio per cambiarle.*

Sant'Agostino

I personaggi della Saga dei Murray

I Murray e Ferretti

Edward Murray, Barone Doncaster, Capitano
Vianna Murray, sorella di Edward
Mina Ferretti, moglie di Edward
Doranna Ferretti, sorella di Mina
Erik Wright, Tenente, marito di Vianna
Amelia Hatkins, zia di Vianna e Edward

Olimpia Green, istitutrice
Miss Andini, istitutrice

Gli Archer

Harold Archer, Baronetto
Pamela Archer, moglie di Harold
Diana, figlia di Harold

Gli Anderson

George Anderson, Baronetto (defunto)
Jacob Anderson, Capitano, figlio di George e
Louisa Fairchild
Constance Anderson, figlia di George e Anna
Winter

Capitolo 1

Londra, settembre 1826.

«È davvero una situazione incresciosa, mia cara Diana, che dobbiate sostenere questo disturbo, quando a voi infine non torna in tasca alcun servizio, se non il merito nuovamente di mostrare il vostro cuore generoso e la vostra indole gentile votata a preoccuparvi delle condizioni del prossimo... quand'anche si stia parlando di una bambina che non è neppure vostra parente.»

Lady Callista Barkers, dei Barkers di Brighton, si fece servire da Hills la seconda tazza di tè alla rosa, con solo un cucchiaino di latte, rivolgendo a Diana Archer il suo più sussiegoso sguardo addolorato e comprensivo.

L'amica accennò brevemente ad asciugarsi una invisibile lacrima alla coda dell'occhio sinistro con il fazzoletto bordato di pizzo sangallo, unico accessorio bianco della sua toilette completamente nera. La mezza veletta che le mascherava la parte superiore del viso le permetteva il lusso di non mostrare all'anziana Lady quanto poco le importasse tutta quella *incresciosa situazione*, sentimento che rasentava un fastidioso disagio.

L'improvvisa morte del cugino acquisito di sua madre, Sir George Anderson, aveva creato un totale caotico disturbo a tutti i parenti londinesi. Così come in vita si era preso tutte le sue soddisfazioni, dalle feste goderecce alle attrici emergenti dell'Opera, lasciando dietro a sé una scia incolmabile di debiti e insoluti ai tavoli da gioco, ora infastidiva la famiglia nel disperato tentativo di risolvere almeno in parte, e con un certo onorevole riserbo, la sua improvvisa uscita di scena.

Una sguattera lo aveva trovato impiccato nelle scuderie la mattina di dieci giorni prima.

Aveva lasciato solo un breve saluto vergato con una penna spuntata e la fretta che rincorre i folli, mentre meditano l'azione più disdicevolmente poco elegante di abbandonare questa terra infischiandosene di tutto ciò che si lasciano alle spalle, che fossero stati debiti, figli imbarcati su una nave da guerra e lontani dal Regno, o figlie minorenni e senza una dote.

«Voi sola mi comprendete, Lady Barkers, e siete stata anche la prima ad accorrere a portarmi conforto in questa... questa...» Diana sventolò il fazzoletto nell'aria del salotto buono, sollevando pulviscolo tra i raggi di luce che filtravano dalle imposte, «...oddio, non so nemmeno come descrivere il problema della morte del cugino George!»

La signorina prese la tazza che Hills le porgeva con mano tremante, obbligando il maggiordomo ad accompagnare la porcellana fino al grembo di madame, per evitare che se la versasse sulla gonna di taffetà.

Lady Barkers simulò uno svenevole rammarico, misto a stizzoso disgusto.

«Posso immaginare come vi sentite, amica mia! Al vostro posto avrei lasciato tutto in mano ai notabili e me ne sarei ben guardata di presentarmi in questo contesto così orribile per una giovane donna in procinto di iniziare le pratiche del matrimonio! Ma ditemi, mia cara, che cosa è stato deciso per la piccola Constance? A chi verrà affidata, povera creatura?»

«Andrà certamente affidata a un parente, dato che non avendo una dote non sarà possibile inserirla in un collegio per signorine, come sarebbe giusto che si convenga» Diana riuscì con studiata maestria a sorseggiare il tè senza sollevare la veletta di pizzo nero.

Non era tenuta a indossarla in salotto, ma quella era comunque la dimora di un parente e non la sua. Suo cugino acquisito Jack, nonché suo fidanzato, era assente e lei non si sentiva a suo agio come fortuita padrona di casa in sostituzione dell'erede. Suo padre l'aveva mandata a Londra appena saputo del suicidio del parente, non potendo lasciare la loro tenuta nell'Hampshire a causa di una brutta infreddatura.

Diana aveva infilato in valigia alcuni abiti pesanti e aveva inviato la sua cameriera con il postale perché la precedesse per recuperare velocemente un abito da lutto in una sartoria, non importava quale fosse, purché l'abito non le stesse troppo largo. Non aveva intenzione di tingere di nero uno dei suoi abiti buoni, soprattutto in considerazione del fatto che non lo avrebbe indossato solo per il funerale.

Al suo arrivo aveva trovato una situazione a dir poco assurda, con una casa gelida e buia, dove la più piccola dei figli di Sir Anderson, avuta da una seconda moglie anch'essa defunta, se ne stava rintanata in camera, accudita da una governante anziana e da Hills, anche lui avanti con gli anni.

Constance non parlava. Ma questo era solo il minore dei problemi.

Era magra, sciatta, con i capelli di un biondo pallido ereditato dal padre. Enormi occhi cerulei le divoravano un viso serio e poco incline alla socialità.

Aveva ascoltato in debito silenzio le istruzioni che Diana le aveva proferito, senza un cenno di entusiasmo.

Eppure doveva esserle grata. Non era facile neppure per lei quella situazione. Non a meno di due mesi dal matrimonio con Jack.

Jack Anderson, che ora era imbarcato come ufficiale su un vascello inglese a cercare di costruirsi una carriera.

Non era giusto. Lei non si meritava tutto questo.

Prese un profondo respiro, accompagnandolo con gemito.

«Al funerale, stamattina, c'erano solo Sir Combe e sua moglie. Ero lì con la bambina per mano a fissare quella bara nera e a chiedermi se stessi facendo la cosa giusta.»

Lady Barkers si portò una mano al petto, facendo tremare pericolosamente la porcellana sul piattino che teneva nell'altra.

«Mia cara Diana, deve essere stato così penoso per voi! Seppellire vostro zio senza un degno funerale, fingendo che fosse tutto a posto, una conseguenza naturale della vita! E ditemi di quella la bambina, la povera Constance! Come ha preso la perdita? Immagino che sia distrutta, povero tesoro!»

«Non parla! Temo che lo shock della tragedia abbia compromesso irrimediabilmente le sue facoltà mentali! Tuttavia, non me la sento di farla visitare da un luminare, non ancora. Aspettiamo la prossima settimana, che passi questo brutto momento. Deve essere ancora in vita una zia di mia madre, più giovane di età, che si occupò di me quando ero infante e mia madre si ammalò di polmonite. Cercherò di rintracciarla e, se non ha un contratto fisso in qualche altro posto, la richiamerò alla tenuta per occuparsi della bambina finché mio padre non deciderà la sua sorte.»

«Ecco! Ecco che di nuovo la vostra indole generosa emerge dalla prova che il destino vi sta facendo affrontare! Voi siete un angelo, mia cara, un vero angelo!»

Lady Barkers lasciò Anderson Hall dopo una buona mezz'ora, assicurando a Diana che avrebbe dedicato a lei le sue preghiere quella sera stessa, perché il buon Dio la sostenesse in questo difficile momento e le desse la forza di occuparsi di un lavoro così gravoso come mettere all'asta tutto l'arredo e chiudere definitivamente la casa e i debiti dello zio.

Diana la guardò dalla finestra, con un breve cenno della mano a mo' di saluto, mentre saliva sulla carrozza e svaniva nella nebbia di settembre.

Poi levò la veletta e il piccolo Bonnet nero, lanciandolo sul divano.

«Hills!»

Il maggiordomo apparve nell'antro della porta del salotto buono.

«Chiamate la governante e ditele di venire da me subito con Constance. Vediamo di dare un senso a tutto questo caos» si lasciò cadere sul divanetto, sollevando i piedi sul tavolino di palissandro.

Prima si fosse liberata di quel problema, e prima avrebbe potuto ritornare alla tenuta e scaricare tutte le responsabilità sulle capaci e risolutive spalle di suo padre.

«Con il vostro permesso, miss Archer...» il maggiordomo lanciò un'occhiata deplorevole ai piedi della signorina. «Mentre eravate in conversazione con Lady Barkers è giunto un plico per voi.» Le porse una busta piuttosto spessa, come se la missiva che conteneva fosse stata avvolta in più fogli per proteggerla. Poi si dileguò alla ricerca della governante.

Sul fronte vi era il sigillo in ceralacca degli Anderson, ma non riportava il nominativo del mittente, solo diversi timbri dei porti doganali dove era sostata. Il timbro della capitaneria di Livorno mise subito sul chi vive la signorina.

Diana recuperò un tagliacarte trovato su un tavolino, poi svolse i diversi involucri fino ad arrivare alla missiva originale che riportava il nome di Mr. Jack Anderson.

La lettera era datata a quattro giorni prima. Il corriere doveva aver volato attraverso l'Europa per consegnare così in fretta il dispaccio.

Avevano sperato che Jack tornasse di persona per assistere al funerale del padre, motivo per cui le esequie erano state celebrate con così tanto ritardo, poi avevano rinunciato ad aspettare ancora e avevano seppellito il Baronetto.

Si apprestò quindi, con una certa ansia, a leggere la lettera del suo fidanzato.

Jack era stato informato della morte di suo padre, con tutti i risvolti che il suo atto sconsiderato ne aveva conseguito, e le scriveva per sciogliere formalmente la promessa di matrimonio che era stata stipulata dai rispettivi genitori, in quanto lui per primo non era in grado di valutare il danno economico riportato dal Baronetto alle proprietà della famiglia, e con il suo attuale stipendio non aveva la possibilità di mantenere una giovane moglie allo stesso livello della famiglia benestante di Diana.

La lasciava dunque libera da ogni impegno, confermando di rientrare prima possibile dal suo incarico presso la *Royal Navy* per occuparsi delle pendenze finanziarie del padre, e la pregava di portare i propri omaggi a Mr. Archer, assicurandogli che la sua devozione di nipote era immutata, ma che non era in grado di ottemperare agli accordi matrimoniali intrapresi dai due loro signori padri.

La lettera terminava con i suoi ossequi.

Nessun *"vi amo"*, *"mi mancate"*, *"come potrò vivere senza di voi?"*.

Nessun accenno a Constance, come se la ragazzina, che era comunque sua sorellastra, non fosse affar suo.

Diana chiuse gli occhi, trattenendo il respiro.

Una cuginastra da prendere in affido, un fidanzamento annullato.

Per un attimo sentì un fuoco bruciarle lo stomaco, un'ondata di calore le salì al petto incendiandole i polmoni, le irrigidì il collo nello stretto pizzo del collarino, e le imporporò il viso trasformandolo in una fiamma. Spalancò di nuovo gli occhi inondati di lacrime furibonde.

«Vai all'inferno, Capitano Anderson!»

Afferrò un'anfora da un basso tavolino e la scagliò contro il marmo del camino.

Lo schianto frantumò l'anfora in mille schegge di porcellana cinese sparse ovunque sul tappeto.

Poi si avvide delle due figure immobili nel vano della porta, la governante e la ragazzina, entrambe a occhi sgranati e le labbra rigide.

Avvampò di vergogna e cadde a sedere sul divanetto, fissando lo sguardo negli occhi cerulei di Constance, forse per la prima volta presente sulla realtà che stava vivendo. Non poteva più nascondere quello che aveva appena fatto. La rabbia l'aveva travolta senza lasciarle un minimo di contegno.

Riprese immediatamente lucidità, fece un cenno con il mento alla governante nei confronti della ragazzina, poi tornò a fissare il vuoto.

«Fate le valige.» Ordinò a denti stretti. «Andiamo via da questa tomba.»

Capitolo 2

Londra, 24 dicembre 1827
Vigilia di Natale

La carrozza si fermò di fronte a Anderson Hall, ma quando il vetturino accennò a scendere per aprire lo sportello, il viaggiatore si sporse dal finestrino, incurante della neve che cadeva fitta, a impastare la strada di una poltiglia nera di escrementi di cavalli e resti di orinatoi.

Il vetturino intravvide solo una parte del volto coperto dal cappuccio del mantello, illuminato dal fioco chiarore della lanterna appesa al sedile.

«Proseguite fino all'angolo del palazzo, poi girate nel vicolo a destra. Troverete il portone delle stalle.»

Il vetturino annuì, gettando un'occhiata perplessa alle finestre dalle imposte chiuse, dalle quali non filtrava alcuna luce, neppure dai lucernai delle cucine.

Accostò, come gli era stato indicato, di fianco a un portone di legno a volta romana, largo a sufficienza per far passare una carrozza. Il vicolo, a differenza della strada principale, non era illuminato dalle lampade a petrolio.

Questo permise al viaggiatore di scendere senza essere notato. Pagò il vetturino dopo aver recuperato la lanterna e la propria borsa dal retro, e infilò una grossa chiave di ferro nella serratura della porticina intagliata nel portone, mentre la carrozza proseguiva lasciandolo da solo.

Dovette abbassarsi, data la sua altezza, per oltrepassare la porticina e richiuderla alle proprie spalle.

Il cortile interno del palazzo era un acciottolato coperto da almeno una spanna di neve, una massa gelata resa grigia e sporca dalla coltre di fuliggine che sovrastava Londra.

Camminò rasente il perimetro del cortile quadrato dove la grondaia aveva delimitato un sentiero quasi libero dalla neve, e raggiunse l'ingresso posteriore della servitù, che introduceva nella cucina e nel guardaroba.

Se possibile, l'interno del palazzo era ancora più freddo del cortile.

Il breve raggio di luce offerto dalla lanterna illuminò il tavolo di legno sul quale erano state abbandonate stoviglie di terracotta rotte e pentole di stagno bucate, ormai inutilizzabili. Dalla cappa del camino colava una fuliggine nera in una pozza fangosa tra gli alari, emettendo un sentore di carbone bagnato asfissiante.

Non era stato lasciato cibo di alcun genere. L'unica cosa commestibile era una manciata di patate ormai disidratate, con i germogli rinsecchiti, abbandonate in un cestino di vimini su una mensola.

La servitù aveva portato via tutto quello che riteneva in grado di riutilizzare o rivendere al mercato, per racimolare parte degli stipendi che non erano stati pagati.

Si allontanò dalla cucina per riuscire a respirare aria pulita, e si avviò nel corridoio gelido che portava al lato padronale del palazzo.

La sala da pranzo gli parve ancora più spoglia della cucina. Tutti gli arredi, le tende di velluto, le porcellane che erano state appese alle pareti, i quadri raffiguranti nature morte e battute di caccia, le sedie, l'argenteria, i candelabri, tutto era stato portato via, lasciando al loro posto l'ombra delle cornici sulle pareti, la diversa tonalità di colore sulla tappezzeria.

Anche i due buffet in palissandro erano spariti.

Lady Anderson era morta prima di vedere quello scempio. Entrambe le Lady Anderson. Sia sua madre che la madre di Constance avevano amato quella sala, abbellendola con le loro doti ereditate dalle famiglie di appartenenza. I piatti del servizio con le iniziali di sua madre erano stati appesi alla parete ovest, mentre quelli con le iniziali della madre di Constance erano stati appesi alla parete est.

Prese un profondo respiro, rassegnato. Poi tossì, soffocato da una nube di polvere sollevata dai suoi passi.

Si allontanò dalla sala prima di farsi venire un eccesso di rabbia. Erano solo oggetti. Non rappresentavano l'affetto che aveva provato per entrambe le donne della sua famiglia. Quello non potevano portarglielo via.

Se aveva imparato qualcosa in marina, era che gli oggetti andavano e venivano nella vita delle persone; meglio pertanto non legarsi a essi. La vita era l'unica cosa importante. La vita e l'onore.

Purtroppo, in quel momento, dell'onore della sua famiglia era rimasto ben poco.

Un blasone acquisito da Sir Anderson tramite una costosa concessione reale, grazie al quale aveva potuto di accedere a una qualità di vita sociale migliore di quella che aveva vissuto fino a quarant'anni come commerciante di tè. Aveva potuto sposare la figlia di un altro Baronetto, espandere i propri profitti, allestire un mercantile e tentare di intraprendere un commercio privato con le Indie Orientali senza dipendere da altri armatori.

Aveva potuto acquistare il brevetto di guardiamarina per suo figlio e permettergli di intraprendere una carriera militare in marina. Carriera che in tre anni lui stesso aveva trasformato in Capitano della *Confidence*, un'ascesa fulminante, grazie anche al suo intuito strategico durante la battaglia di Navarino.

Non aveva fatto in tempo a comunicare quella nomina a suo padre. Era arrivata prima la lettera di Sir Archer che lo informava della morte precoce del genitore. Per suicidio.

Insieme a tutto il resto: i debiti di gioco, la perdita del mercantile in una notte ai tavoli da bridge, i magazzini svuotati dai creditori per recuperare parte degli investimenti perduti, l'onta dello scandalo.

Ereditare il titolo di Baronetto, con quel poco che era ad esso alienato, era l'ultima cosa che gli era passata per la mente, soprattutto dopo quell'ultima missiva.

Non con quel disastro associato al nome di famiglia.

Si fermò al centro del vestibolo, un grande atrio da cui si accedeva al resto delle sale padronali del pian terreno e da cui partivano le due rampe di scale marmoree che conducevano al piano nobile, le due ali riservate alla famiglia.

Di tutto quel trionfo, nascosto nel buio della notte della Vigilia di Natale, la lanterna illuminava solo il pavimento a mosaico di marmo italiano, dove era stato replicato fedelmente lo stemma di famiglia: una *A* in caratteri gotici sovrastata da una piccola corona sormontata da cinque perle. Sotto il monogramma, i simboli dell'Ordine della Giarrettiera e dell'Ordine del Cardo.

Una pomposa dichiarazione di nobiltà da parte di un ex-commerciante.

Talmente fittizia da essere spazzata via in una notte di bagordi.

Un brivido freddo gli attraversò la schiena, ricordandogli che aveva voluto lui vedere la casa, invece di restare nella stanza della pensione al porto di Portsmouth.

Del resto, non aveva avuto molte alternative. Gli unici parenti ancora in vita, coloro che si stavano prendendo cura di Constance, erano gli Archer e abitavano nella campagna a parecchi chilometri fuori Londra; raggiungibili solo tramite una strada impraticabile con quella bufera. E ignari del suo ritorno in patria.

Ma se anche avessero saputo che la *Confidence* era ancorata a Portsmouth, difficilmente gli avrebbero scritto per invitarlo a passare le feste natalizie insieme a loro. Non dopo aver stracciato gli accordi matrimoniali con Diana.

Una fitta al cuore gli ricordò il viso della ex fidanzata. Gli occhi neri che sprizzavano orgoglio, la massa ribelle di capelli corvini, il corpo flessuoso rubato alla dea di cui portava il nome, quel seno generoso che fin troppe volte aveva disturbato le sue notti insonni. L'altera piega delle sue labbra imbronciate, la consapevole arroganza di essere bella oltre ogni normale accettazione, al di là dei canoni del ton, una stella che oscurava ogni altra donna presente nella stessa sala da ballo ove si fosse presentata. Era Diana incarnata, e pareva avere lo stesso potere seduttivo della dea della caccia.

Perduta, per sempre.

Si rese conto che quella visita si stava trasformando in una litania funebre per la propria autostima; si volse verso la scalinata di sinistra e la salì lentamente. Il marmo era stranamente cosparso di foglie secche, misto a una sabbia fine che scricchiolava sotto la suola degli stivali.

Il sospetto che fosse stata lasciata aperta una finestra al piano nobile gli fu confermato quando raggiunse il ballatoio ed entrò nel corridoio. Una corrente fredda e umida lo investì, infiltrandosi sotto le pieghe del mantello.

Trovò la finestra con il vetro rotto, l'anta che sbatteva, lasciando entrare la neve che si ammucchiava sulla passatoia rossa al centro del corridoio, uno straccio fradicio e infangato, malamente calpestato e strappato in diversi punti.

Un turbine di foglie si agitava sparpagliandosi verso i due lati del pavimento.

Un rampicante scheletrico, con le rade foglie appassite, era riuscito a infiltrarsi e penzolava dal davanzale, all'interno.

Strappò l'edera e richiuse le due ante, anche se restava il vetro rotto.

Anche da quelle pareti erano stati rimossi i quadri acquistati da suo padre in Europa, ed era sparito l'arazzo fiammingo che una volta capeggiava sulla parete di fondo del corridoio, raffigurante la battaglia tra la flotta della Invencible Armada e quella della *Royal Navy*. Forse il pezzo più costoso della collezione di opere d'arte della sua famiglia.

Superò la porta della stanza di suo padre, quella riservata alla moglie, e si fermò davanti alla propria camera.

La porta era spalancata, non si fece grandi illusioni.

L'armadio era stato svuotato, avevano preso i suoi abiti civili; i cassetti del secretaire aperti. Mancavano i tendaggi del baldacchino, la biancheria e il materasso. Stranamente non avevano portato via il letto e i due mobili, il bacile e la brocca di ceramica. Mancavano però i tappeti.

Suppose che fossero stati troppo pesanti da spostare e i delatori di erano arresi a lasciarli lì ad ammuffire.

E c'era da immaginare che il resto delle altre stanze versasse nelle medesime condizioni.

Restava un ultimo posto da vedere e prese coraggio.

Lo studio di suo padre era al lato opposto del corridoio, una parte dell'ala di sinistra che girava a C, ricavata da quello che un tempo era stato un ambiente della servitù. Suo padre aveva scelto quella stanza perché era isolata dal resto degli appartamenti della famiglia, dove non veniva disturbato, e poteva scendere da una scala di servizio che conduceva direttamente nelle cucine senza passare nell'atrio d'ingresso. Gli tornava utile quando incontrava i suoi amici cacciatori o pescatori, e si accordavano per le battute in campagna o per la pesca nella zona dei laghi.

Naturalmente, anche lo studio era stato svuotato di ogni bene che potesse essere rivenduto. Avevano lasciato la scrivania, troppo pesante anche lei, che era stata montata all'interno della stanza, quindi per estrarla andava smontata.

L'armadio a muro era spalancato come una bocca affamata, il suo contenuto composto da registri e corrispondenza era stato sparso sul pavimento, forse alla ricerca di denaro nascosto tra le pagine.

Posò la lanterna sul tavolo e tambureggiò sul ripiano basso dell'armadio finché trovò il punto che risuonava a vuoto. Aveva scoperto quello scomparto segreto quando era bambino, giocando nello studio in un momento in cui suo padre era fuori città insieme a sua madre, ed era sfuggito all'occhio vigile dell'istitutore.

Facendo pressione in un angolo, sollevò il coperchio e infilò la mano all'interno.

L'involucro rigonfio era ancora al suo posto.

Non era nulla di particolarmente speciale, ma suo padre aveva avuto la paranoia di nasconderlo, e forse proprio grazie a quella fissazione per i segreti era stato possibile salvarlo. Avvolto nella stoffa c'era un cofanetto di argento sbalzato. Dentro di esso aveva riposto lo stemma di Baronetto con la concessione di nobiltà rilasciata da Sua Maestà, insieme alle miniature di porcellana dipinta incorniciate in argento delle due mogli e dei due figli.

Sotto alla concessione di nobiltà, gli estratti dagli atti di matrimonio e dagli atti di battesimo dei due figli, tutti siglati dal parroco di Saint Mary-le-Strand.

Per quale motivo Sir Anderson avesse voluto nascondere quei documenti, a Jack non era dato di capirlo. Restava il fatto che essi erano l'unica attestazione che gli restava dell'appartenenza alla famiglia Anderson, che lo eleggeva senza alcun dubbio a erede del titolo e delle sfortune di suo padre. Perché le fortune se ne erano andate già da troppi mesi.

Alienata alla concessione era rimasta solo quella proprietà, un insieme di muri e di resti ammuffiti di una abbondanza perduta per sempre. Non poteva venderla e non aveva soldi per rimetterla in sesto.

Era solo per quei documenti che aveva rischiato il rientro a Londra. Ora che li aveva recuperati, doveva tornarsene sulla sua nave il più in fretta possibile.

Non sapeva se e quando avrebbe potuto ripristinare il blasone del suo cognome. Non sapeva nemmeno se Archer avesse saldato tutti i debiti di suo padre. Con l'ingaggio ancora attivo sulla *Confidence*, non poteva correre il rischio di farsi trovare dai suoi creditori.

Scese le scale di servizio fino alle lavanderie, e sbucò nel cortile buio dove la tormenta vorticava in un mulinello sollevando neve ghiacciata e foglie morte.

Tornò nel vicolo, un'ombra tra le ombre, richiuse a chiave la porticina e spense la lanterna. Avrebbe raggiunto la stazione di posta e avrebbe passato lì la notte, con l'intenzione di noleggiare un cavallo veloce e partire appena fosse stato possibile avere le informazioni che stava cercando.

Capitolo 3

La stazione di posta non era il luogo più adatto dove accogliere personaggi importanti. Frequentata per lo più da viaggiatori, commercianti e qualche raro prelato che si trovava di passaggio a Londra per raggiungere il proprio incarico in una cattedrale fuori porta, la Locanda dei due Gigli era probabilmente una delle poche bettole in periferia che non avesse anche un postribolo e una bisca, con annessa cantina per la merce di contrabbando che arrivava illegalmente sulle chiatte lungo il Tamigi.

Anderson l'aveva scelta solo perché aveva un imbarco per discendere il fiume fino a Tilbury, dove avrebbe trovato una barca per Portsmouth. Là lo attendeva la sua nave, pronta per salpare appena il capitano fosse risalito a bordo.

Gestita dalla moglie dell'oste, la locanda, anche se povera di arredi, era un luogo pulito e ordinato come se ne trovavano pochi tra i quartieri bassi del lungo fiume. Era possibile trovare sempre cavalli freschi e ben tenuti, e forse proprio grazie a questa attenzione per le esigenze dei viaggiatori era possibile incontrare qualche nobile diretto in località che non dovevano pervenire ai famigliari o agli amici del club.

Tuttavia, proprio per questi motivi, Anderson aveva concordato proprio in quel luogo l'incontro con Farewell, nonostante fosse palesemente il giorno di Natale e il Lord non dovesse affatto trovarsi lì.

Era riuscito a pervenirgli un biglietto la sera prima e aveva avuto la fortuna di scoprirlo ancora tra gli amici del suo defunto padre. Il banchiere gli aveva risposto immediatamente e con molta sollecitudine.

Alto, sulla cinquantina, baffi e favoriti ben curati, stava cordialmente conversando con l'oste su una particolare annata di Riesling renano, quando Anderson scese dalla sua camera per il loro appuntamento e lo trovò nella sala comune della locanda.

Anderson non indossava l'uniforme militare, aveva mantenuto un profilo anonimo proprio per non attirare l'attenzione su di sé. Quando scorse Lord Farewell al banco della mescita sentì lo stomaco aggrovigliarsi e l'istinto prevalse sull'impazienza.

Si avvicinò al banchiere e fece un cenno all'oste perché versasse anche per lui un assaggio del Riesling.

Farewell lo accolse come se non si aspettasse di trovarlo in quel posto, in quel giorno dell'anno.

«Capitano Anderson! Jacob Anderson, se non erro!»

«Lord Farewell, avete una buona memoria.»

«L'età mi è nemica, ma voi siete il ritratto del vostro povero padre defunto, non potreste mai ingannare nessuno.»

«Così mi dicono. Qual buon vento vi porta lungo questa sponda del Tamigi? Siete in viaggio?»

«Affari, mio caro Capitano! Gli affari mi portano ovunque, come ben sapete.»

Anderson fece un mezzo sorriso sorseggiando il Riesling.

«Anche nel giorno della nascita di Nostro Signore?»

«Soprattutto oggi! Il mondo del commercio non si ferma per i festeggiamenti, anche se la mia banca è chiusa.»

Farewell gli strizzò l'occhio, tergendosi i baffi dal vino.

«Posso invitarvi al mio tavolo?» gli propose Anderson. «O siete atteso per la colazione al vostro club? La moglie di Thomson, qui, è famosa per il suo stufato con le patate, le ho chiesto di preparane a sufficienza per sfamare un quadrato ufficiali di ritorno da un ingaggio alle Indie Orientali.»

«Se le porzioni sono di queste proporzioni, credo che mi farò tentare volentieri da un assaggio di questo famoso stufato» accettò di buon grado il banchiere, facendo poi un segno all'oste, che tutto soddisfatto stava arrossendo per i complimenti verso la cucina di sua moglie. «Buon uomo, portateci del vino che abbia il diavolo in corpo, oggi è una giornata maledettamente fredda per del semplice cordiale da signorine per bene. Vino spagnolo, o italiano, se ne avete.»

La locandiera corse ad apparecchiare un tavolo appartato per i due gentiluomini, poi apostrofò il marito perché portasse accanto ad esso il suo paravento migliore, di carta di riso dipinta a mano, acquistato da un mercante di tè, e lo disponesse in modo da separare Anderson e Farewell dagli altri avventori.

Vi furono una decina di minuti di corse concitate, di tovaglie del corredo e stoviglie buone esposte come cimeli, poi arrivò la zuppiera dello stufato e solo quando i due nobili ne ebbero assaggiato un pezzetto, e dato la loro benevola approvazione, i due osti soddisfatti li lasciarono al loro pranzo senza più disturbarli.

«Ho ottimi motivi di indovinare la motivazione del vostro messaggio, Capitano» Farewell fece schioccare la lingua al primo sorso di vino spagnolo, scrutando al lume della candela il colore corposo del liquido all'interno del calice e facendolo ondeggiare lentamente con fare da intenditore. «Sono certo che non ha nulla a che vedere con lo stufato e con il Porto, nonostante devo ammettere che avete ragione, la cuoca merita assolutamente i miei complimenti.»

«Farete felice l'ostessa. Ma avete ragione, le mie motivazioni sono altre e credo conosciate l'oggetto della mia attuale preoccupazione.»

«La vostra eredità? Il titolo?»

«Chi ha ucciso mio padre.»

Farewell si oscurò in volto, posò il calice e ingoiò una forchettata di stufato. Masticò brevemente, poi rispose quasi digrignando i denti.

«Certamente non penserete di rientrare a Londra con la pretesa di avere consegnata su un vassoio d'argento la testa dei vostri nemici?»

«Certo che lo pretendo. È nel mio diritto. E voi li conoscete.»

«Quindi è per questo che mi avete trascinato in questa bettola?» Farewell posò la forchetta fissando Anderson con uno sguardo accusatore.

Jack non si fece spaventare, aveva visto ben altro sul ponte di comando della *Confidence* che un banchiere accigliato e indispettito.

«Sì, è esattamente per questo che ci troviamo qui. Voglio i nomi delle persone che erano al tavolo da gioco da White's la notte in cui mio padre perse tutti i suoi beni e si suicidò.»

Farewell lo sogguardò con sospetto, prima di rispondere.

«Cosa cambierebbe? Si trattò di una partita regolare. Vostro padre non fu fortunato al tavolo del Faraone[1], fu una brutta notte. Quando gli fu consigliato di ritirarsi non volle sentire ragioni, continuò a giocare, ubriaco, in preda a una frenesia irrazionale. Lasciò il club assicurando che avrebbe saldato tutte le perdite il giorno dopo stesso. La mattina dopo fu trovato appeso. Questo è quanto.»

«Non lo avrebbe mai fatto, conoscevo mio padre. Non era tipo da togliersi la vita. Aveva

---

[1] Faraone: gioco di carte simile al Black Jack. Si presume possa essere un'evoluzione della Zecchinetta. Nel 1700 divenne un gioco molto popolare in tutta l'Europa. Fu esportato in America nel 1800 con il nome di Faro ed è tutt'ora presente in alcuni casinò.

avuto diversi rovesci di fortuna in passato, ma era abile, sapeva contenere le perdite. Era un uomo d'affari, come voi.»

«Oh, no, no, caro ragazzo!» Farewell si fece una risata che gli fece sobbalzare lo stomaco stretto nella marsina. «Non confondetemi con vostro padre! Lui ed io non siamo nemmeno lontanamente paragonabili! George Anderson si era acquistato la concessione di nobiltà, io l'ho ereditata per lignaggio!»

Anderson si morse la lingua per non replicare. Doveva fare attenzione, il banchiere lo tollerava in ricordo dell'amicizia con suo padre, ma non aveva altri motivi per restare seduto a quel tavolo.

«Perdonate, avete ragione» cercò di ammansirlo versandogli altro Porto. «Forse non lo sapete, mio padre era molto abile con le carte. Le contava. Aveva un talento naturale, anche con le carte sbagliate in mano difficilmente perdeva una partita. Non perdeva mai.»

Farewell tossì un paio di volte, come se un boccone gli fosse sceso di traverso nella gola, diventando color borgogna.

«State scherzando.»

«No, Milord, sono molto serio.»

Il banchiere si tamponò accuratamente la bocca con il tovagliolo di fiandra del corredo da sposa dell'ostessa, poi fissò a lungo il monogramma ricamato su di esso, due lettere intrecciate a un rametto di edera, come se fosse l'oggetto più interessante che avesse visto nelle ultime due ore.

Infine, prese un respiro profondo e tornò a guardare il capitano.

«Anderson arrivò tardi quella sera, era già ubriaco. Ero lì da qualche minuto. Mi volle offrire da bere, disse che doveva festeggiare la riuscita di un affare, la sua barca era rientrata intatta dalle Indie carica di beni, aveva trovato ottimo vento, nessun pirata, la merce non si era avariata durante il viaggio, l'equipaggio non aveva incontrato porti appestati da epidemie di febbre gialla, tutti gli uomini erano tornati in ottima salute. Aveva riempito i magazzini di tè, di spezie, di sete cinesi. E diamanti.»

Jack sollevò la testa a fissarlo attonito.

«Diamanti?!»

«Sì. Mi chiese di fissare un appuntamento per il giorno dopo alla mia banca per depositarli in un fondo di investimento e stabilire un rendimento da dividere fra voi e vostra sorella. Constance non aveva una rendita sua, intendeva mettere la ragazza al sicuro e farle contrarre un buon matrimonio, aprirle il mondo del ton.»

Jack si sentì vorticare la testa. Tutto quello che Farewell gli stava raccontando era accaduto poco più un anno prima, quando era ancora un semplice Tenente sulla *Comet* e pianificava la sua carriera e il suo matrimonio con Diana.

«Poi cosa accadde?»

«Si raccolse attorno a noi un gruppetto di uomini, incuriositi dalla sua esuberante smania di festeggiare. Tutti vollero sapere, si congratularono, gli strinsero la mano. Qualcuno scherzando parlò di una scommessa che era stata persa. Qualcun altro, sempre scherzando disse che allora ci si doveva rifare. Lo invitarono al tavolo del Faraone, una partita dissero. Ma Anderson non la vinse. Nemmeno le successive. Continuò a perdere.» Farewell abbandonò definitivamente lo stufato, posò il tovagliolo, sfregando distrattamente con il pollice il monogramma ricamato. «E se voi mi dite che non perdeva mai... ora forse capisco perché mi disse quelle cose...»

«Quali cose?»

«Quando si alzò dal tavolo era grigio come una lastra di granito del cimitero e tremava. Mi disse: non giocate a Faraone, amico mio, se volete salvare la vostra banca. Il gioco è truccato.» Il banchiere bevve un lungo sorso, inghiottendo il Porto come se fosse stato un calice di fiele, ma aveva bisogno di coraggio per continuare quella conversazione. «Credetti che lo dicesse solo per giustificare il fatto che avesse perso una fortuna in quattro mani, invece...»

Jack non riuscì a ingoiare altro cibo. Fissava il banchiere in attesa che continuasse a raccontare, nell'inutile speranza di trovare un modo per vendicare la memoria di suo padre.

«Era truccato il banco, oppure qualcuno aveva truccato il mazzo?»

Il banchiere scosse la testa in segno di diniego.

«Questo non ve lo so dire, presi per buono il consiglio che mi diede e me ne tornai a casa. Non lo vidi più, dopo quella sera. Lo aspettai inutilmente il giorno dopo, finché non mi arrivò la notizia del suicidio.»

Il capitano si raddrizzò sulla sedia, chiuse gli occhi per qualche istante, poi piantò nuovamente le iridi color miele in quelle del banchiere, che ora avevano perso ogni segno di ilarità.

«Chi era seduto al tavolo del Faraone quella dannata notte?»

«Erano in sei. Oltre a vostro padre, c'era Doncaster a tenere il banco, Blacklowe, McCarthon, Lowenbrown e Deanstraigh.»

«Doncaster? Intendete George Murray, Barone Doncaster? Se non sbaglio è morto circa un anno fa...»

«Conoscete i Murray?» si stupì il banchiere perdendo ancora un po' di colore dal volto che ormai stava assumendo un aspetto cinereo.

«Conosco suo figlio, il Capitano Edward Murray della *Defence*. Siamo stati arruolati insieme sulla *Comet* quando eravamo ancora Guardiamarina. Le nostre navi, *Defence* e *Confidence*, erano affiancate nello scontro a Navarino contro la flotta ottomana.»

«Ah, bene! Saprete allora che il Capitano non sta navigando in buone acque, pare sia gravemente malato e in punto di morte.»

«State scherzando, vero?» Jack strinse gli occhi ambrati in due fessure. «Lo sapevo ancorato con la *Defence* al porto di Livorno in attesa delle disposizioni dell'Ammiraglio Codrington...»

«Non sto affatto scherzando, Capitano!» si infervorò Farewell. «Ho avuto il piacere di venire a conoscenza dei fatti direttamente dalla sorella di Murray proprio stamattina, in una situazione piuttosto spiacevole per lei. Era seduta sulla scalinata dell'ingresso della mia banca, in lacrime, *da sola*.»

L'enfasi con cui il banchiere calcò i toni sulla parola *sola* fece sollevare un sopracciglio biondo sul volto di Anderson, ma non commentò l'episodio, preferì ascoltare fino in fondo quella storia.

«L'ho raccolta come avrei potuto fare con un gattino impaurito e abbandonato sotto la neve, l'ho portata in una caffetteria e le ho offerto un tè caldo, in modo da poter capire quale tragedia si fosse mai abbattuta la mattina di Natale sulla testa di quella povera ragazza. Così mi ha raccontato che ieri sera è giunto a Palazzo Murray un ufficiale della *Royal Navy* con un messaggio scritto di pugno da Codrington, direttamente da Malta, in cui si avvertiva la famiglia Murray che il Capitano è gravemente malato. Ha contratto la scarlattina e si trova ora nella sua tenuta di campagna nel Chianti, da solo. La ragazza era venuta alla banca per ritirare la sua rendita mensile e partire immediatamente insieme alla zia per raggiungerlo.»

Nella mente di Anderson scattò un pensiero improvviso, malsano, per nulla cristiano, dovette ammettere a sé stesso. Ma, se in un primo momento cercò di allontanarlo, la sua buona intenzione naufragò immediatamente un istante dopo, tornando nella lucida razionalità di ciò che implicava quella informazione: se Murray fosse morto il titolo di Barone sarebbe passato di mano. Avrebbe decretato la fine nobiliare dei Murray. L'unica sopravvissuta, la sorella, non ereditava nulla se non la propria misera rendita sulla dote della madre.

«Chi è il successore al titolo?»

«Ottima domanda!» Farewell riprese un po' di colore, fece un cenno all'oste e si fece portare altro vino e del pane di segale da intingere nel sugo dello stufato. La domanda ·di Anderson aveva seguito lo stesso filo dei suoi pensieri, quando alla mattina aveva accompagnato nel proprio ufficio la Murray per consegnarle i soldi per il viaggio. Quindi aveva trovato il tempo di andare nel suo club e fare un po' di domande in giro sulla situazione dei Murray e lì aveva fatto una scoperta che lo aveva sconcertato.

«Io non credo nelle coincidenze, sono un uomo di saldi princìpi, credo solo in quello che si può ottenere da un franco scambio di merci e di denaro» iniziò a precisare il banchiere. «Ma proprio stamani al mio club, dopo aver lasciato Miss Murray, ho avuto modo di parlare con Lowenbrown, il quale è molto vicino al Reggente in questo periodo ed è informato sulla situazione dei titoli nobiliari, e gli ho raccontato cos'è accaduto al Capitano Murray.»

«Lowenbrown? Uno dei giocatori del tavolo di Faraone?»

«Proprio lui. Vi dicevo, io non credo nelle coincidenze, ma Lowenbrown mi ha spiegato che la situazione dei Murray è tenuta già costantemente sotto osservazione proprio per il fatto che Edward è l'ultimo erede maschio rimasto nella famiglia, e che in caso di morte il titolo passerebbe al parente maschio più prossimo, che a quanto pare siete voi.»

Anderson rimase pietrificato sulla poltrona, lo sguardo gelido che lentamente si spalancava nella consapevolezza di ciò che stava dicendo Farewell.

«Ma Murray e io non siamo parenti.»

«Non nel vero senso del termine, no. Non come cugini. Ma Lowenbrown, che è esperto e piuttosto informato sulle ramificazioni familiari, mi ha raccontato una storia abbastanza assurda da essere vera. Voi e Murray avete un antenato in comune, un Barone Hatkins, dal quale si sono divise le vostre famiglie. Il titolo è rimasto alienato al nome Murray, con la clausola che, in caso di estinzione del ramo familiare, fosse ereditato da un Anderson, ossia dal ramo di vostro padre.»

«Ma mio padre era un commerciante, un borghese. Il titolo di Baronetto lo acquistò in concessione. Come poteva essere inserito in una linea ereditaria?»

«Vostro padre era un borghese perché era discendente di un ramo cadetto degli Anderson, impossibilitato a ereditare titoli nobiliari a meno che non si fosse estinto il ramo ereditario. Non è rimasto nessun altro che voi dal ramo degli Anderson, e Edward dal ramo dei Murray.»

Jack meditò per un lungo momento in un silenzio tombale.

Quella rivelazione lo scosse profondamente. Sentì qualcosa spezzarsi all'altezza dello stomaco, come se un nodo fosse stato improvvisamente strappato con un gancio e aveva l'impressione che da un momento all'altro le viscere si sarebbero riversate fuori dall'addome squarciato.

Ora capiva finalmente l'ossessione di suo padre per ottenere la concessione nobiliare. Si trattava di una rivalsa sui parenti.

Non era stato necessario ottenere un titolo per favorire i suoi affari, era stato semplicemente un levarsi una soddisfazione. Dimostrare ai parenti, di cui non avevano nemmeno più notizie da anni, che anche lui poteva fregiarsi di un blasone.

Farewell, che nel frattempo aveva terminato di raccogliere il sugo dal piatto con il pane, non aveva notato la tempesta interiore che si stava accumulando dietro il volto lapidario di Anderson. Si pulì le mani unte nel tovagliolo di fiandra, tamponò la bocca e lo gettò sul tavolo.

«È veramente incredibile come la vita a volte gioca strani scherzi, non è vero? Vostro padre, nato nella borghesia e senza nessuna aspettativa di elevarsi socialmente se non quella di acquistare un titolo, era in realtà un potenziale erede dei Murray. Adesso lo siete voi, e, se tutto andrà come penso, tra non meno di una decina di giorni sarete Barone. La scarlattina non fa prigionieri, soprattutto in zone come l'Italia dove la medicina non è così avanzata con le sperimentazioni sulle malattie infettive come da noi.» Gli tese una mano con un sorriso quasi ebete, ammorbidito anche dal Porto che aveva quasi finito. «I miei più sentiti auguri, Capitano Anderson! La prossima volta che ci vedremo sarà probabilmente al club, dove potrete sfoggiare un *vero* titolo!»

Jack ignorò la mano, si alzò repentinamente e fece un saluto militare al banchiere.

«Vi porgo i miei omaggi, Milord, e vi ringrazio infinitamente per le informazioni che mi avete così gentilmente fornito, come immaginerete devo occuparmi immediatamente di alcune questioni urgenti prima di tornare a Portsmouth.»

«Oh, immagino di sì! Avete una nave e un equipaggio che vi aspettano» sorrise bonariamente il banchiere.

«Siete naturalmente mio ospite. Fatevi portare altro se lo desiderate. Vi auguro una buona giornata.» Anderson chinò lievemente il capo il segno di saluto e si allontanò a passo marziale per tornare immediatamente nella sua camera e fare i bagagli.

Era ancora stordito da quelle rivelazioni per riuscire a il punto su tutto ciò che stava accadendo, ma il tempo scorreva velocemente e la possibilità di vendicarsi per la morte di suo padre si stava incastrando incredibilmente con la morte imminente di quello che aveva considerato un amico fino a poche ore prima.

Fino a prima di scoprire che Edward era il figlio dell'uomo che aveva rovinato la sua famiglia e spinto suo padre al suicidio.

Fino a prima di scoprire che il destino stava compiendo da sé la migliore di tutte le vendette servite fredde che avrebbe mai potuto escogitare.

Ora doveva solo attendere che si compisse quell'incredibile concatenazione di eventi fino a portarlo esattamente dove meritava di essere: legittimo erede di un titolo blasonato, con il nome del casato ripulito dal fango dell'infamia, e di nuovo libero di tornare a testa alta dall'unica persona che non aveva mai dimenticato, l'ineffabile Diana Archer.

Capitolo 4

Willow House, Kent
Maggio 1828

Olimpia Green era quel tipo di donna che difficilmente sarebbe apparsa al centro di uno scandalo, si fosse trattato anche semplicemente di pochi scellini lasciati in sospeso dal salumiere.

Era nata e cresciuta in un paesino del Kent, figlia unica di un banchiere e di una nobile decaduta senza eredità.

Terminati gli studi non si era sposata, dedicando la sua vita alla tutela di signorine per bene fino ai quattordici anni.

Non amava i cambiamenti improvvisi, e poco gradiva leggere nella corrispondenza gli entusiasmi giovanili dei suoi parenti più abbienti che giravano l'Europa, o delle cugine impegnate nelle scorribande londinesi all'inseguimento della moda del momento. Li trovava poco consoni alla vita di una persona colta e posata come lei.

Biblioteca e cura del giardino erano i suoi passatempi preferiti. Se non la si trovava in uno di questi due luoghi, era probabilmente impegnata in una discussione filosofica con il padrone di casa circa la necessità di inserire un modello educativo più rigido per la nobile prole, in alternativa alle lezioni di equitazione che proprio non trovava adatte alle signorine di cui si occupava come istitutrice.

Quando aveva ricevuto l'invito di Diana Archer a raggiungerla a *Willow House* aveva pensato si trattasse di un breve soggiorno estivo, quantificabile in una manciata di giorni che avrebbe condiviso con la sua ex pupilla, che ricordava ancora piccola. Era rimasta in contatto con la famiglia Archer, naturalmente, dopo essersi presa cura di Lady Pamela molti anni addietro, affetta da una polmonite alla quale fortunatamente era sopravvissuta.

Di Diana aveva un ricordo sfumato dal tempo: una bimbetta cicciottella, la cui balia ormai non sapeva più come gestire, dato che era iperattiva e estremamente curiosa. Il carattere estroverso e la propensione a cacciarsi nei pasticci con le proprie manine, avevano convinto Sir Archer a chiamare Olimpia perché si prendesse cura della bambina, in attesa di trovare una sguattera più determinata della balia.

L'istitutrice aveva messo subito in chiaro che si sarebbe trattato di un periodo a tempo determinato, poiché accudire bimbe così piccole non era nelle sue corde, poi però alla fine si era affezionata a quel fagottino che aveva iniziato a chiamarla Miss Olly.

Diana, tra tutte le parenti più giovani, era rimasta la sua preferita. Aveva mantenuto i contatti con gli Archer anche dopo che Pamela aveva recuperato la salute, e saltuariamente aveva fatto loro visita restando sempre informata sulle vicende studentesche di Diana e sul fidanzamento organizzato dai genitori.

Fidanzamento che era miseramente naufragato in uno scandalo alla morte di Sir Anderson, trascinando Diana e la famiglia sul baratro dello scherno e del ridicolo.

Poi era arrivata la lettera della ragazza, poche righe vergate in una grafia chiara e netta, senza sbavature di inchiostro. Una lettera più simile a una convocazione a corte che a una corrispondenza tra parenti.

Jack Anderson, saputo della morte del genitore, aveva sciolto il fidanzamento e non si era preoccupato della sorellastra Constance.

La ragazzina, di cui Diana non specificava l'età, aveva due alternative: essere presa in custodia dagli Archer in attesa che il Capitano Anderson tornasse in Inghilterra e decidesse di prendersene cura, oppure finire in orfanotrofio.

Conoscendo l'indole munifica e generosa di Sir Archer, Olimpia non aveva avuto dubbi su quale decisione fosse stata presa per Constance. E quella lettera era appunto parte della decisione di prendere in affidamento l'orfana e di curare la sua istruzione.

Olimpia si trovava in quel momento quasi al termine del suo contratto lavorativo. Un mese solo la divideva dal congedo da casa Sawyer, dove la sua educanda stava terminando i preparativi per convolare a nozze, in giovanissima età tra l'altro. Un matrimonio per procura, data la necessità di spedire la sposa oltre oceano per raggiungere il marito in California.

Date le circostanze aveva velocemente concluso il contratto, salutato i padroni di casa, dato un bacio in fronte alla novella sposina, e aveva preso il primo postale diretto a *Willow House*.

Tutto questo era accaduto un anno e mezzo prima.

Ora, come se tutto l'impegno e la sollecitudine dedicata all'istruzione di Constance fosse stata simile a una campagna militare, Olimpia stava fissando la ragazza in piedi di fronte a lei, muta e con lo sguardo puntato al pavimento, senza trovare una parola per definire l'ultimo disastro da lei operato.

"Sono estremamente delusa!" sbottò all'improvviso, facendo sobbalzare la ragazza.

Nelle mani, Olimpia teneva l'oggetto dello scandalo che a parer suo avrebbe portato alla rovina la sua pupilla, prima ancora che l'età l'obbligasse a portare i capelli appuntati sulla nuca come si confaceva a una signorina per bene.

Olimpia tese il foglio a Diana, seduta al suo fianco sul divano, più incuriosita che irritata con la cugina.

Non era nulla di allarmante, solo una corrispondenza con un ragazzo del paese che molto probabilmente Constance aveva conosciuto durante la sagra della tosatura e con il quale aveva avuto modo di scambiare alcune parole.

Lanciando brevi occhiate alla ragazzina, pallida come un morto, si chiese come un soggetto così squallido e silenzioso fosse saltato all'interesse di un ragazzo, di cui tra l'altro sapeva molto poco, tranne che spesso lo incrociavano entrando e uscendo dalla funzione domenicale, unico momento in cui Constance aveva il permesso di uscire di casa.

Olimpia attese che Diana finisse di leggere la missiva, peraltro poco interessante, dato che erano solo alcune righe vergate frettolosamente in un inglese nemmeno tanto corretto, in cui il ragazzo proponeva alla ragazzina di soffermarsi dopo la funzione per chiacchierare con lei, la domenica successiva. Occasione in cui le avrebbe mostrato il suo nuovo acquisto, un border collie di un paio di mesi.

«Sono desolata, Miss Archer! È la prima volta che, nella mia carriera di istitutrice, mi capita una cosa simile! Prenderò immediatamente provvedimenti per far sì che Constance non sia mai più lasciata incustodita e...»

«Non è necessario.» Diana guardò di nuovo la ragazzina, che da cadaverica si stava lentamente tingendo di un carminio insolito. «Come si chiama il padre di George?»

Sulla lettera figurava solo il nome del mittente, ma non il cognome di famiglia.

«Brown. Sono gli allevatori di pecore» specificò Constance.

Diana le rese la lettera. La ragazzina la prese guardando la cugina con occhi sbarrati per la meraviglia, ma mai quanto Olimpia, che subito balzò in piedi, irrigidita dal comportamento inadeguato di Diana.

«Ma Miss Archer...!»

Diana le fece un cenno per interrompere le proteste dell'istitutrice.

«Non è accaduto nulla di grave.» Poi tornò alla cugina, che ora aveva preso un colorito quasi normale, la bocca sottile spalancata per come si stavano volgendo gli eventi. «Chiederò a mio padre di invitare Mister Brown per un tè, invitandolo a farsi accompagnare da George. In questo modo avrai la possibilità di conversare con lui in maniera amichevole, sotto la sorveglianza di Olimpia. Non è necessario informare Sir Archer dell'accaduto, immagino non vi sia nulla di sconveniente a socializzare con i Brown. Concordate con me, Miss Green?»

«Beh... io... immagino che se si tratta di una visita, non vi siano problemi a permettere a Constance di...»

«Perfetto. Vi prego di occuparvi di Constance perché abbia un abito adatto al tè per domenica pomeriggio. Ora se non vi spiace devo occuparmi di alcune questioni con la cuoca.»

Diana si alzò dal divano trattenendo un sospiro. Fece una breve carezza sul viso alla cugina ricevendone in cambio un timido sorriso, poi lasciò lo studio di Miss Green per ritirarsi nella sua camera.

Olimpia rimase interdetta a fissare la schiena di Diana che spariva oltre la porta.

Accanto a lei, una sbalordita Constance ripiegava la lettera incriminata infilandola nella tasca della sopravveste di lino, con gli occhi chiari che brillavano forse per la prima volta di una sorta di felicità interiore.

*

La questione con la cuoca era solo una scusa. In realtà Diana voleva chiudere la discussione velocemente, levarsi dallo studio dell'istitutrice e andarsene fuori casa, fin tanto che il giorno concedeva ancora un paio di ore di luce e di relativo bel tempo.

Aprile era stato piovoso, lungo e interminabile. Maggio si portava dietro ancora alcuni strascichi di piovaschi e foschia, come se proprio non intendesse far giungere la primavera.

Negli anni passati, con la sua famiglia, anticipava l'estate spostandosi a Brighton, ma negli ultimi mesi a causa dello scandalo avevano preferito rimanersene in campagna, un po' per cercare di chiudere i debiti di Anderson, un po' per permettere a Diana di leccarsi le ferite, ma anche per concedere alla Londra per bene di dimenticarsi di tutta la questione del matrimonio annullato.

Svanire nel nulla.

Dopo aver passato una stagione a frequentare balli e ricevimenti, in cui tutti si erano ben impressi in mente sia il suo viso che il vistoso anello con il rubino che sfoggiava nella mano sinistra, ora il diktat era annullarsi e scomparire per sempre.

«Oh, Diana!»

La ragazza si fermò di colpo a metà del vestibolo, incrociando suo padre che usciva dal proprio studio.

«Padre?»

«Stavi uscendo?» Sir Archer indicò, con una busta che teneva in mano, il cappellino e lo scialle sul braccio della figlia.

«Volevo fare una passeggiata prima del tè. Avete bisogno di me?»

«Rubo solo pochi minuti del tuo tempo. Vuoi accomodarti? C'è una questione di cui vorremmo parlarti.»

Sir Archer le cedette il passo all'interno dello studio, dove trovò giù sua madre seduta su una poltrona, con le mani intrecciate in grembo e l'espressione assorta.

«Ma certo. Di cosa si tratta? Volete che ordini del tè?»

Sir Archer lanciò una breve occhiata alla moglie, prima di risponderle.

«Forse è meglio. Sì, ordina il tè.»

Diana suonò il campanello per la governante, la quale si affrettò in cucina, poi sedette nella poltrona di fronte alla scrivania di suo padre, di fianco a sua madre.

Sir Archer tornò al suo posto, aprì la lettera un po' sgualcita e la passò alla figlia.

«È di Anderson. È arrivata ieri mattina, ma ho avuto tempo solo ora di leggerla. A dire il vero dovrei rivolgermi a lui come Sir Anderson... Ha ereditato il titolo di suo padre, alla fin fine. Anche se non è ancora stato ufficializzato.» Nel tono di voce di Sir Archer vi era quasi una nota di fastidio, che ammutolì dallo sguardo di rimprovero di Lady Archer.

Diana, che aveva teso la mano per prendere la carta, rimase interdetta e fece per ritirarla, il gesto di chi teme quasi di scottarsi.

Poi si diede della stupida e la prese con due dita. Lo stomaco le si era chiuso di colpo, come se avesse ricevuto un pugno.

Era vergata con la calligrafia frettolosa e obliqua che ricordava ancora bene. Porgeva i suoi omaggi allo zio e alla zia, poi iniziava subito a spiegare il motivo della missiva.

Aveva preso alloggio a Londra in una pensione, dopo aver appurato che la casa paterna era stata chiusa e lasciata in totale abbandono. Era una situazione momentanea, poiché informava gli zii che durante il viaggio di ritorno dall'Italia aveva conosciuto una ereditiera, era entrato fortunatamente nelle sue grazie, e avrebbe presto contratto matrimonio con lei, appena avesse avuto la conferma da parte della famiglia della giovane. A tutti gli effetti si consideravano già fidanzati. A questo proposito intendeva presentarsi a *Willow House* per recuperare la sua sorellastra, di cui era tutore legale, e con lei anche i beni assegnatagli dalla zia di Constance, Lady Anna Winter, morta alcune settimane prima senza eredi in linea diretta.

Diana alzò il viso incredulo verso suo padre, poi verso sua madre.

«Anna Winter?»

«La sorella maggiore di nostro padre. Era affetta dal mal sottile. Una disgrazia, poverina» le rispose sua madre.

«Capisco. Ma gli altri parenti...»

«Era vedova, senza figli. L'unica nipote oltre a te è Constance, che eredita la tenuta di campagna che le ha lasciato in testamento, poiché era di sua proprietà» spiegò sua madre. «La tenuta in campagna ha una rendita di cinquemila sterline. Constance però è ancora minorenne, finché non avrà compiuto ventuno anni sarà sotto tutela di suo fratello maggiore, che disporrà della rendita come più gli aggrada...»

«... Oltre a sposare un'ereditiera» concluse Diana, ripiegando la lettera e posandola sulla scrivania di palissandro. «Non che la cosa mi interessi. Posso solo augurargli una buona vita. Perché mi avete voluto informare di questo?»

Lady Archer la guardò con tristezza.

«Non volevamo che si presentasse qui senza che tu lo sapessi, mia cara.»

Diana sorrise, suo malgrado. Una piega amara delle labbra, il meglio che sapesse proporre dopo mesi passati tra la disperazione e la rassegnazione.

«Non preoccupatevi, non sarò in casa quando arriverà a prendere sua sorella. Andrò da Helen qualche giorno. Mi ha già invitato diverse volte a casa sua, ma non sono mai andata per paura dei pettegolezzi. Le scrivo oggi stesso per avvisarla della mia visita.»

«Non è necessario che tu parta!» protestò Sir Archer. «Questa è la tua casa. Non vorrai dargli la soddisfazione di soffrire ancora per il suo rifiuto?»

«Sento molte cose, padre. E nessuna di queste è caritatevole nei suoi confronti. È meglio che io parta. Se non lo incontrerò, eviterò spiacevoli scortesie.» Si alzò per recuperare cappello e scialle, poi si fermò su due piedi. «Ah, dimenticavo. Una sciocchezza, ma ormai ho dato la mia parola. Constance ha stretto amicizia con il figlio dei Brown. C'è stato uno scambio di lettere, nulla di compromettente madre...» si affrettò a rassicurare sua madre, che già si era messa sul chi vive, «... ma ho promesso a Constance che avremmo organizzato un tè con i Brown questa domenica, dopo la funzione. So che posso contare sulla vostra bontà, permettete alla ragazza di salutare George. Probabilmente sarà l'ultima volta che avrà occasione di vederlo.»

Sir Archer restò interdetto qualche minuto, scambiando un'occhiata piena di sottintesi con la moglie, poi annuì.

«Ma certo! Avevo giusto intenzione di passare a salutare Brown per alcune questioni sui pascoli a nord, che da un anno abbiamo lasciato incolti. Forse il suo gregge potrebbe stazionarvi per qualche mese...»

Lady Archer si alzò, prendendo il vassoio dalle mani della governante, entrata in quel momento.

«Grazie Mildred, ci penso io. Diana, prendi il tè con noi?»

«No grazie, madre. Approfitterò di questa tregua della pioggia per fare una passeggiata.» Salutò i genitori lasciandoli al nuovo dibattito su dove e come organizzare il tè la domenica successiva, e la necessità di avvisare Miss Green che il suo contratto era in scadenza, con tutti i dovuti ringraziamenti per il tempo che aveva dedicato alla novella ereditiera Miss Constance Anderson.

Diana camminò velocemente nel cortile posteriore per allontanarsi dalle loro voci, fino a non sentirle più, poi permise alle lacrime di scenderle sul viso lentamente, senza un singhiozzo, gli occhi fissi a un orizzonte plumbeo forato dalle lame di luce rossa del tramonto.

Capitolo 5

Mercantile italiano "Demelza", rotta verso Dover.
Maggio 1828

Doranna piegò il parasole di pizzo in una posizione tale che attraverso di esso le era possibile sbirciare i passeggeri sul ponte della *Demelza* senza essere notata.

Attese che la sua tutrice, la signorina Andini, fosse distratta dalle chiacchiere della signora Rocchi, per concedersi un'occhiata più decisa verso l'unico soggetto che da due giorni aveva attirato la sua attenzione.

Alto, biondo, in abiti impeccabili di tagli inglese, l'uomo era spesso solo, appoggiato alla murata del mercantile, intento a fissare l'orizzonte nord come se non desiderasse altro che veder comparire le scogliere bianche e scendere da quella nave.

Dover sarebbe a tutti gli effetti apparsa il giorno dopo. Avevano avuto un ottimo vento e un tempo perfetto per la navigazione tranquilla, tanto che la signorina Andini che soffriva il mal di mare non si era mai neppure lamentata.

Doranna decise che per quanto valeva, aveva ancora una sola occasione per tentare un approccio con lo sconosciuto.

Si alzò dalla poltrona di vimini con uno scatto deciso ma morbido, precedendo il moto di sorpresa delle due donne sedute accanto a lei.

"Faccio una passeggiata sul ponte. No, signorina, non serve che mi accompagnate. Non mi può accadere nulla. Vedete? È pieno di passeggeri che bevono il tè. Sono al sicuro. Finite pure i vostri dolci."

La tutrice esitò un attimo, ma guardandosi attorno lungo il ponte non vide altro che i passeggeri, mercanti benestanti con le loro famiglie, e pochi altri commessi viaggiatori.

"Va bene, ma non vi allontanate, signorina. Restate sempre a vista."

"Ma certo!" Doranna fece girare il parasole nelle mani inguantate di merletto bianco, poi prese a passeggiare pigramente fino a circa un metro dell'oggetto dei suoi desideri. Si appoggiò alla murata con un sospiro, guardando le onde ritmiche sollevate dalla carena, la spuma bianca che andava a disperdersi nella scia, allontanandosi verso l'oceano nero.

Lanciò un'occhiata verso la tutrice e, quando fu sicura che la donna fosse presa dalla conversazione, si volse verso l'uomo che in quel momento le dava un quarto di spalle, gli occhi fissi su un orizzonte che pareva non vedere realmente.

"È una bellissima giornata, non credete? Con questo tempo saremo preso in Inghilterra."

L'uomo parve scuotersi dai suoi pensieri e le rivolse uno sguardo severo e quasi scostante. Quando però si accorse di chi gli avesse rivolto la parola, contravvenendo alla buona educazione di essere prima presentata, si volse totalmente verso la ragazza, restando appoggiato alla murata con il gomito sinistro.

"È decisamente una bella giornata per viaggiare in nave. Avremo questo vento di libeccio ancora per un'ora, poi viaggeremo tranquilli portati dalle correnti fino alla Manica" le rispose con un mezzo sorriso tra il serio e il faceto.

Doranna sentì il cuore accelerare i battiti. Rimase incantata a fissare gli occhi dorati di quell'uomo bello come un dio, il fisico esaltato dall'abito nero di alta sartoria italiana, con il brillante che fissava il foulard talmente luminoso da fare a gara con lo scintillio di approvazione che illuminava le iridi. Le aveva risposto in italiano, ma con una inflessione inglese.

"Non credo di conoscervi, signorina..."

"Ferretti. Doranna Ferretti. Sono in viaggio per raggiungere mia sorella a Londra. Sapete, si è sposata da poco con un Barone inglese."

L'uomo sorrise all'entusiasmo della ragazza.

"Non siete mai stata a Londra? È il vostro primo viaggio?"

"Sì! Ho terminato gli studi finalmente, e posso godermi finalmente un po' di libertà, anche se estremamente sorvegliata." Doranna fece un cenno alle sue spalle per fargli notare la signorina Andini.

L'uomo dedicò alla tutrice una veloce e languida occhiata, per poi riportare l'attenzione sulla ragazza.

"È vostra madre?"

"No, mia madre è morta anni fa. Lei è una mia lontana cugina, la mia tutrice fino a Londra. Mio padre non ha voluto lasciarmi partire da sola, ma io so badare a me stessa."

"Non ne dubito" rispose l'uomo.

"Ma non conosco il vostro nome, non è cortese da parte vostra non presentarvi." Lo apostrofò Doranna, giocando con il manico del parasole.

Lui divenne improvvisamente serio. La fissò per qualche momento come se stesse valutando cosa risponderle, poi si raddrizzò e si chinò brevemente.

"Jack Anderson, Capitano di Corvetta della Marina di Sua Maestà. Per servirvi, damigella."

Doranna si aprì in un sorriso luminoso, facendo un breve inchino.

"Molto lieta Capitano. Spero di avere l'onore di avervi ospite al nostro tavolo stasera. Mi annoio in maniera mostruosa a parlare tutto il tempo con la signorina Andini. Verrete a tenerci compagnia?"

Anderson annuì con un mezzo sorriso di compiacimento.

"Sarò onorato di cenare insieme a voi e alla vostra tutrice, damigella. Vi ringrazio per l'invito."

"Bene. Allora siate puntuale."

"Doranna!" la signorina Andini si levò dalla sua poltroncina facendole un cenno da lontano per richiamarla.

"Devo andare. A stasera." Salutò Doranna, felice come una bambina al parco.

"A stasera."

Anderson la guardò allontanarsi e raggiungere la sua tutrice.

Non credeva ancora al colpo di fortuna che

aveva avuto.

Non poteva essere così semplice.

Eppure, era proprio la cognata di Murray.

E il destino ancora una volta lo aveva portato a incrociare il suo antagonista, questa volta servendogli una biondina tutto pepe e senza tante inibizioni, con una gran voglia di fuggire dal controllo della tutrice.

Se non era fortuna quella…

Capitolo 6

Mister Brown non era una persona che si formalizzava.

Di tutta la questione dello scandalo caduto addosso agli Archer ne aveva amabilmente discusso una sera dopo cena con il Reverendo Amos, quando i figli erano stati accompagnati nelle loro stanze, e anche la servitù era stata licenziata per la notte.

Mister Brown aveva esposto brevemente al religioso l'accaduto, elencando con la sua affabile inerzia i pro e i contro del mantenere aperti i rapporti con la famiglia in oggetto.

Il Reverendo Amos, dopo aver ponderato per qualche minuto la situazione, era tornato al suo bicchiere di Porto esordendo in un semplice: «La questione non ci riguarda. Conosco Pamela da quando Sir Archer l'ha chiesta in moglie e ho celebrato io stesso il matrimonio, non è tipo da farsi abbattere dalle dicerie. Diana ha ereditato il carattere tranquillo di sua madre, seppur di quando in quando l'ho scorta con uno sguardo a dir poco inquietante, soprattutto negli ultimi mesi. Lascerà che scorra acqua sotto i ponti, e alla prima occasione troverà un marito degno di lei. Possibilmente non arruolato nella *Royal Navy*.»

Mister Brown aveva annuito gravemente, congratulandosi con il Reverendo per la sua saggezza, aveva tirato una boccata di fumo dalla pipa e aveva infine sollecitato il pastore a ritirarsi per la notte, poiché il mattino dopo avrebbero avuto entrambi una levata all'alba, ognuno per le proprie incombenze.

Era risaputo tra la gente di campagna che ufficiali dell'esercito e della marina erano soggetti difficili con cui trattare. Sempre in viaggio, sempre diretti da una parte piuttosto che dall'altra, mai fissi stabilmente in un posto dove poter mettere radici, fare figli, occuparsi della terra e del bestiame, intrecciare legami con le altre famiglie. Tutti sempre pronti a fuggire a Londra, o peggio al Continente, lasciando a casa mogli e prole in attesa di loro notizie.

Non era una vita che Mister Brown augurava ai suoi tre figli. George, di sedici anni, era il primogenito, già destinato a ereditare la tenuta e le terre annesse. In autunno lo avrebbe inserito a Oxford, e solo al suo rientro dopo il diploma avrebbe iniziato a parlare seriamente di affidargli l'amministrazione del loro patrimonio. Etan, di tredici anni, stava dimostrando passione per i cavalli e, se avesse proseguito su quella strada, Brown avrebbe appoggiato volentieri un investimento su cavalli da tiro rapido, tradizione della famiglia di origine della sua povera moglie defunta, di cui andava molto fiera.

Selena, la più piccola, di soli otto anni, era ancora al di là da essere considerata all'attenzione del genitore se non per i regali di Natale e di compleanno. Il tempo lo passava nella nursery con la sua tata, e più che di bambole e altri ninnoli non faceva richiesta.

Quindi quando ricevettero l'invito degli Archer per il tè domenicale, a lui e ai suoi tre figli, per portare un po' di compagnia alla quindicenne Miss Constance, non batterono ciglio e confermarono la loro presenza.

L'invito era giunto per conto di Lady Archer, precisando che se il tempo fosse stato clemente avrebbero allestito un picnic in giardino per i ragazzi, con il gioco del cricket. Non si sarebbe trattato di un tè formale, date le circostanze di isolamento degli Archer a causa dello scandalo, ma Brown preferiva così. Nemmeno loro potevano vantarsi di essere particolarmente socievoli.

Mister Brown aveva molto rispetto per il suo vicino, e non aveva problemi a frequentarlo, trattandosi anche dell'unico tenutario al suo stesso livello sociale in tutta la zona. Mrs. Brown aveva vantato oltretutto un'amicizia scolastica con Lady Archer, all'epoca solo Miss Pamela, poiché era la secondogenita di un Cavaliere. Sperava solo che Diana, con il suo carattere chiuso e ombroso, non intristisse troppo il pomeriggio.

*

La domenica mattina iniziò con un orizzonte carico di nuvole pesanti ma a, Dio piacendo, dopo la funzione il cielo ebbe il buon gusto di aprirsi. Un vento caldo soffiò portando via le poche nubi rimaste al mattino, irraggiando un sole finalmente tiepido e incoraggiante.

Olimpia era stata avvertita che Constance avrebbe potuto fare i bagagli in qualsiasi momento, e si era premunita ammucchiando in tre bauli le poche cose che in quell'anno e mezzo erano state acquistate per la ragazzina, in previsione dell'anno successivo, in cui gli Archer consideravano l'ipotesi di introdurla in una scuola per signorine, possibilmente la stessa frequentata da Lady Archer e da Diana, per tradizione familiare, se Anderson non si fosse presentato a recuperare la sorella.

L'istitutrice sapeva che avrebbe dovuto salutare la sua ultima pupilla entro breve tempo, ma non pensava certo al ritorno del fratello maggiore. Aveva calcolato giusto ancora un anno da passare a *Willow House*, entro il quale si sarebbe fatta scrivere le referenze da Sir Archer per entrare in una nuova famiglia.

Ma l'improvvisa ricomparsa in scena del Capitano Anderson aveva sconvolto i suoi progetti. Ora si trovava nella necessità di cercare immediatamente un nuovo datore di lavoro, cosa che le aveva occupato le ore libere di quegli ultimi giorni a scrivere frettolosamente a tutte le sue conoscenze, nella speranza di poter partire subito dopo Constance, se non addirittura insieme agli Anderson, se fossero stati così magnanimi da offrirle il viaggio fino a Londra sulla loro carrozza.

In verità c'era ancora un'alternativa, ma molto dipendeva da Anderson, e da quello che intendeva fare della sorellastra ereditiera. Dato che probabilmente il Capitano sarebbe convolato a nozze entro l'autunno, avrebbe dovuto decidere se affidare di nuovo Constance a una istitutrice o se mandarla subito all'istituto per i successivi cinque anni.

La seconda prospettiva sembrava la più plausibile, ma Olimpia non sapeva quanto disponesse Anderson per le spese da dedicare alla sorellastra. Era sicuramente meno costoso mantenere un'istitutrice, ma questo implicava avere tutte e due, Olimpia e Constance, in casa. Anche se a tutti gli effetti, da quello che le aveva detto Sir Archer, la casa apparteneva a Constance e aveva tutto il diritto di risiedervi.

Intrecciando nervosamente le dita delle mani, la donna scrutava dalla finestra del suo studio il quadretto bucolico che le offriva la veduta sul giardino, due piani più sotto.

Gli Archer, Constance e i Brown erano seduti attorno a un tavolo apparecchiato con dolci e panini alla crema di cetrioli, tè e limonata. Le signore sfoggiavano i loro migliori bonnet per ripararsi dal sole primaverile, mentre i ragazzi Brown e Constance a capo scoperto creavano un gruppetto multicolore e scapigliato, risultato di una appassionata partita a cricket.

Diana spiccava per la scelta dell'abito scuro, veramente poco indicato per quel tipo di ricevimento, anche se informale. Sembrava quasi che la ragazza volesse ostentare la tristezza della sua situazione, ricordando a tutti quanto fosse stata sfortunata. Tuttavia, né Olimpia, né Pamela si erano pronunciate in merito alla sua scelta.

A chiudere il *tableau vivant* di quella tiepida primavera, il Reverendo Amos aveva di buon animo accettato di fa parte della brigata. Archer sapeva quanto Brown fosse legato a quel distinto pastore, in quanto i due erano cognati, e che era stato di grande consolazione per Brown la sua presenza dopo la morte della moglie.

I tre signori, un po' più spostati dal gruppo delle donne, fumavano le pipe con i capi piegati in avanti sul tavolo, le teste quasi vicine, intenti a scambiarsi opinioni sui raccolti dell'anno precedente e le proposte di allevamento degli ovini nei famosi pascoli a nord rimasti incolti.

Olimpia fu la prima a vedere la nuvola di polvere verso est, oltre la siepe di tasso. Dalla sua posizione al secondo piano della tenuta, volse il viso serio e attento alla carrozza nera senza insegne che stava sopraggiungendo, tirata da quattro cavalli, come un postale.

Ma non era un postale, nonostante sul tetto facessero bella vista quattro bauli e sul retro un fattorino si tenesse aggrappato alla capotta, incurante della polvere sollevata dai cavalli.

L'istitutrice prese il bonnet di paglia, lo infilò e legò i nastri sotto il mento, recuperò lo scialle e si affrettò a scendere in giardino.

*

Mister Archer alzò il volto verso il cancello di ferro battuto sul fondo del viale. Tirò una lunga boccata dalla pipa, si aggiustò il panciotto e recuperò tra pollice e indice l'orologio dal taschino.

"In anticipo sul programma."

Guardò a volo raso le donne della sua famiglia che posavano le tazze nei piattini e si volgevano verso di lui. Notò l'apprensione nella piega rigida delle labbra di sua moglie, e allo stesso tempo scorse il freddo distacco negli occhi di sua figlia.

Toccava a lui ricevere l'ospite, quindi si armò di pazienza e chiamò il maggiordomo.

"Stevens, mandate qualcuno ad aprire il cancello. Poi fate accompagnare il nostro ospite nel mio studio."

"Subito, Sir."

Senza esternare il proprio disappunto, Archer si rivolse ai suoi ospiti nei suoi soliti modi affabili.

"Vogliate perdonarmi, Brown, Reverendo. Attendevo visite, ma non mi aspettavo che arrivassero oggi."

"Non angustiatevi, Archer!" Brown gli fece segno con un gesto gentile di raggiungere i nuovi arrivati. "Resteremo a goderci il sole e la compagnia delle signore mentre espletate il vostro dovere di padrone di casa."

Archer annuì con un cenno del capo, che funse anche da breve saluto di scuse mentre si alzava dal tavolo e raggiunse a passo lento l'ingresso di servizio del palazzo.

Diana lo seguì con lo sguardo per alcuni minuti, finché non scomparve oltre l'arco della porta.

"Non sei tenuta a porgergli i tuoi saluti, se non te la senti, mia cara." Le sussurrò Lady Archer.

"Tuttavia devo accompagnare Constance in casa, vorrà vederla."

Diana scosse il capo lentamente, senza fiatare. Non le era minimamente passato per la testa di andare a salutare il suo ex fidanzato. Rigida e impettita, concentrò lo sguardo sullo scone nel piattino di porcellana, come se non vi fosse null'altro di più interessante in quel momento.

Lady Archer fece alzare dalla sedia la nipotina, con grande disappunto dei suoi amici, e solo dopo pochi passi furono raggiunte da Olimpia, che la prese immediatamente in consegna per condurla nella sua camera e farle indossare un abito pulito, per poter essere ricevuta dal fratello maggiore.

Constance, trascinata per il polso dall'Istitutrice, si volse una sola volta verso il tavolo del picnic. Con la mano libera accennò un timido saluto verso George Brown, rimasto in piedi a osservarla mentre veniva portata via dalle due donne. Il ragazzo attese che la sua piccola amica sparisse dentro il palazzo, poi tornò a sedersi in silenzio, senza dare retta agli scherzi dei due fratelli minori.

"Che ne sarà della ragazzina?" Brown accettò una seconda tazza di tè, rivolgendosi a Diana, giusto per spezzare l'imbarazzante calo di entusiasmo che il nuovo arrivo aveva creato alla tavolata. Con quella domanda rivelò di essere al corrente dell'identità del visitatore. Forse Sir Archer glielo aveva accennato, prima di sedersi al tavolo del picnic.

"Probabilmente si trasferirà nella sua nuova casa, insieme al fratello. Questo è ciò che mi è stato detto. Non so poi che piani abbia Anderson per lei. Un collegio è la soluzione più realistica" rispose brevemente Diana, rimasta sola a sostenere la conversazione in quell'improbabile picnic.

"Ora che è diventata una ereditiera, non faticherà certo a trovarle un buon partito." Mister Brown ricevette un'occhiata di dissenso dal cognato, ma non se ne preoccupò. "Mi auguro solo che Anderson non abbia ereditato lo stesso problema di suo padre con il gioco, e che non lapidi la sua fortuna in meno di una notte."

"Mister Brown! Non dovreste speculare sui difetti di Anderson" lo redarguì il Reverendo Amos.

"Non lo sto facendo, mio caro cognato. Sono realista. Esattamente, come Miss Diana" e sollevò la tazza da tè in una sorta di brindisi verso la giovane.

Diana si lasciò sfuggire una smorfia molto simile a un sorriso ironico.

"Constance riceverà la migliore istruzione possibile, e mio padre ha promesso che veglierà su di lei. I miei genitori si sono molto affezionati alla ragazza, soprattutto mia madre. Se non sarà mandata in collegio, come tutti auspichiamo, mio padre si adopererà per fornirle un'istruzione adeguata fino alla maggiore età, o almeno fin quando non riceverà una proposta di matrimonio."

"Allora auguriamoci che riceva presto una buona proposta! È così una dolce fanciulla per bene, anche se di aspetto poco avvenente. L'eredità le permetterà comunque di contrarre un buon accordo matrimoniale."

"Sposerò io, Constance!"

Diana, Brown e il Reverendo si volsero all'altro capo del tavolo, dove George se ne stava rigido e un po' tremante, i pugni stretti contro i fianchi, gli occhi sgranati dall'audacia delle sue stesse parole nel volto improvvisamente diventato di fuoco.

Gli adulti non fecero in tempo a ribattere, il ragazzo scappò via nel giardino, lasciando tutti quanti di stucco.

Diana e il Reverendo si guardarono boccheggiando, mentre Mister Brown scoppiò in una bassa risata gutturale.

"Bene! La ragazza ha già un pretendente! Staremo a vedere. Sì, staremo a vedere" e scambiò un'occhiata ammiccante con il cognato, il quale evitò qualunque commento.

Diana non si pronunciò in merito.

Quel fuori scena le aveva ricordato un evento di dieci anni prima, quando in quello stesso giardino Jack Anderson le aveva preso le mani nelle sue, l'aveva baciata su una guancia e le aveva promesso di sposarla quando sarebbero stati più grandi.

Aveva creduto a quegli occhi ambrati e a quel sorriso sereno e pieno di aspettative per il futuro.

Era così che avrebbe dovuto essere.

Aveva sognato di vedere la carrozza con il monogramma degli Anderson sulla portiera entrare nel giardino, dalla quale sarebbe sceso Jack nella sua divisa da Capitano della *Royal Navy*, venuto a prenderla per portarla nella loro dimora di Londra.

Sarebbe stata la futura Lady Anderson, invidiata dalle sue amiche del collegio, una stella dei balli e dei ricevimenti londinesi.

Invece, non era mai stato dato l'annuncio ufficiale del fidanzamento, avevano rimandato in continuazione, ma senza temere un cambio di programma, perché erano giovani e di tempo ne avevano per iniziare la loro nuova vita insieme.

Se non fosse stato per Sir Anderson che aveva sperperato la propria fortuna in una notte.

Sentì i nitriti dei cavalli e le ruote della carrozza che si fermavano nel viale d'ingresso.

Prese in quel momento una decisione di cui sapeva si sarebbe pentita, ma non poteva rinunciare all'occasione di vedere un'ultima volta l'uomo che aveva distrutto la sua reputazione.

Si alzò dal tavolo lasciando il tovagliolo accanto al piatto.

"Scusatemi."

"Diana!" il Reverendo tese una mano per fermarla. "Non commettete una sciocchezza! Non cambierete la situazione!"

"Forse no." Diana si volse solo un momento a guardarlo con aria di sfida. "Ma se non altro, mi leverò la soddisfazione di dirgli quanto lo odio per come ha distrutto la mia vita."

E riprese a camminare velocemente verso l'ingresso del palazzo, stringendo le pieghe della gonna nei pugni per non inciampare nell'orlo.

Capitolo 7

La carrozza si arrestò con uno cigolio delle cinghie a un paio di metri dalla scala dell'ingresso di *Willow House*.

Il fattorino saltò giù dal predellino posteriore e aprì lo sportello, sistemando la scaletta.

Sir Archer sopraggiunse sotto al portico giusto in tempo per vedere Anderson scendere dalla carrozza, tirato in un abito scuro. Si aprì in un sorriso di convenienza, pronto a raggiungere il suo ospite, quando vide il giovane Capitano infilarsi la tuba, volgersi verso l'interno della carrozza e tendere la mano a un'altra persona.

Dall'abitacolo si sporse una ragazza bionda, di bassa statura e piuttosto formosa, in un abito bianco di mussola più adatto a un ballo che a un viaggio pomeridiano, con un cappellino pieno di piume e fronzoli di taglio decisamente europeo. Il viso sbucava dai pizzi e dai fiorellini di stoffa, le guance erano rosee e delicate, gli occhi attenti e meravigliati dallo spettacolo della facciata del palazzo.

Appena scesa chiese subito il braccio di Anderson, e nell'altra mano tenne un parasole di seta e pizzo che da solo probabilmente costava più dell'abito e del cappellino insieme.

Archer si risolse ad attendere i due arrivati davanti alla porta, dispiacendosi di aver indossato un abito da passeggio non adatto a quel genere di visite.

"Anderson! È un piacere avervi nostro ospite!" lo accolse con un leggero inchino.

Il Capitano non fece lo sforzo di essere felice di quell'incontro.

Aveva il volto serio e negli occhi una determinazione che Archer non ricordava in suo nipote.

"Sir Archer, vi ringrazio per l'accoglienza. Permettetemi di presentarvi Miss Doranna Ferretti, la mia fidanzata."

La ragazza si profuse in un inchino, rispondendo a quello di Sir Archer.

"Doranna, questi è lo zio della mia sorellastra, Sir Archer, la persona che si è presa cura di Constance in questo anno. Devo molto a lui e alla sua famiglia per avermi sollevato da questa incombenza mentre ero di stanza a Gibilterra."

"È un grande piacere conoscervi, Sir Archer!" Doranna si strinse al braccio del fidanzato con un moto di affetto. "Anderson mi ha parlato così tanto di voi! Non vedevo l'ora di conoscervi, e di conoscere Constance!"

"Sarà qui a breve." Assicurò Archer. "Eravamo impegnati in un picnic con i Brown, vi aspettavamo verso sera. Ma entrate. Stevens, mandate due ragazzi a portare di sopra i bagagli e…"

Sir Archer piegò la testa di lato per guardare la terza persona che stava scendendo dalla carrozza, di cui sembrava che tutti si fossero dimenticati.

Una donna di circa quarant'anni, stretta in un abito marrone senza decorazioni, stava discutendo a bassa voce con il fattorino sul compenso del viaggio. Quando si sentì osservata si volse verso di loro con un'espressione determinata negli occhi scuri.

Si apprestò a raggiungere il gruppetto sotto il porticato, con un piglio da governante.

Anderson la presentò più per dovere che per reale compiacimento.

"Signorina Andini, vi presento Sir Archer. Sir, questa signorina è l'istitutrice di Miss Doranna."

Sir Archer alzò un sopracciglio alla definizione di *istitutrice*, squadrando con occhio critico prima l'insegnante, poi Doranna, e costatando che la ragazza era piuttosto adulta per avere ancora la necessità di essere seguita negli studi.

"Oh! Istitutrice per modo di dire!" si affrettò a chiarire Doranna, che aveva notato l'occhiata perplessa di Archer. "Ho terminato gli studi da mesi, la signorina Andini è la mia accompagnatrice ora. Sono in viaggio per raggiungere mia sorella a Londra, e sul mercantile che ci portava in Inghilterra ho avuto modo di incontrare Anderson. È stato un segno del destino, il nostro incontro, vero mio caro?"

"Concordo con te, mia cara" affermò Anderson, senza che dal volto si esprimesse alcun sentimento.

Archer non riusciva a capire bene la situazione. Conosceva poco approfonditamente il Capitano, ma non lo aveva mai visto così indifferente. Prima di separarsi da Diana era stato un giovane solare e brillante, che aveva guadagnato i gradi in una carriera fulminante.

Rimandò ogni valutazione a tempo debito e si fece da parte per lasciarli entrare nel vestibolo.

Quando fecero il loro ingresso, le due signore italiane si soffermarono ad ammirare l'immenso soffitto e la scala monumentale di marmo che portava ai piani nobili, le due statue di gusto neoclassico disposte ai lati della porta del salone d'onore, le colonne di marmo italiano che reggevano la balconata, e l'enorme lampadario di Murano in vetro completamente bianco che pendeva da una grossa catena.

Si fermarono sotto di esso per ammirare a bocca aperta tutto quel luccichio di marmi e cristalli, ma l'attenzione di Anderson fu catturata dalle due figure che stavano scendendo la scala per andare loro incontro.

Constance era cresciuta, nei sei anni della sua assenza da casa. Da esile ragazzina senza nessuna dote particolare era diventata alta e sottile, con un viso slavato e occhi cerulei senza particolari riflessi di vivacità. I capelli erano intrecciati e chiusi sotto la cuffietta, e l'abito di cotone grigio con radi ricami blu scuro e un nastro a cingerle la vita alta era l'unico tocco di non-colore che la faceva assomigliare a una novizia da convento, più che a una giovane ereditiera.

Anderson lasciò il braccio della fidanza e le andò incontro, chinandosi brevemente al suo saluto educato.

"Come stai, Constance?"

"Molto bene, signore. I signori Archer si sono presi buona cura di me."

"Lo vedo. Sei cresciuta." Alzò lo sguardo sulla donna che si era fermata un passo indietro alla sorella, impacchettata in un abito marrone senza forme, con uno scialle sulle spalle e la cuffia bianca a coprire la crocchia di capelli neri. "E voi siete l'istitutrice, immagino."

Olimpia si produsse in un rigido inchino.

"Miss Green, al vostro servizio, Sir And…"

"Potete chiamarmi semplicemente Capitano, come è abitudine di tutti. Avrei piacere scambiare due parole con voi in privato, questa sera dopo il tè."

"Certamente… *Capitano*" confermò la donna, trattenendo un moto di sorpresa per i modi alquanto discutibili del suo interlocutore. Lo giustificò attribuendo quel comportamento al suo incarico di ufficiale, una persona abituata a dare ordini senza discutere.

L'uomo tornò a rivolgersi alla sorella, rimasta muta di fronte a lui, forse un po' intimorita.

"Con te avremo modo di conversare domani pomeriggio. Ti darò istruzioni sulle decisioni che prenderemo sul tuo futuro."

"Sì, signore" esalò la ragazzina, senza cambiare espressione.

L'attenzione di tutti fu richiamata da Lady Archer che avanzò nel vestibolo con un passo da regina. Aveva velocemente sostituito l'abito da picnic con uno da pomeriggio in raso di seta color mogano, e raggiunse il nipote tendendo le mani inanellate.

"Mio caro Jack! Siete diventato imponente! Mi aspettavo di vedervi nella vostra divisa di Capitano della *Royal Navy*!"

Anderson si chinò brevemente alla zia, prese entrambe le mani porgendo un lieve baciamano, e la presentò a Doranna, che si era affrettata a tornare al suo fianco dopo aver ispezionato le due statue con occhio critico.

Vi fu una sequela di complimenti e omaggi da parte delle due donne, mentre i fattorini transitavano avanti e indietro per portare i bagagli scaricati dalla carrozza negli appartamenti riservati agli ospiti.

Archer riuscì a infilarsi nei convenevoli per convincere gli ospiti a spostarsi in giardino e unirsi al tè che stavano condividendo con i Brown.

La signorina Andini accusò un'enorme stanchezza dovuta allo sballottamento della carrozza e chiese il permesso di potersi ritirare. Olimpia colse l'occasione per agganciarla e, con la scusa di accompagnarla nel suo alloggio, iniziò un sottile ma mirato interrogatorio sulle circostanze che avevano permesso ai due fidanzati di incontrarsi sul mercantile e sulla sua occupazione presso i Ferretti.

Il gruppetto dei visitatori e dei padroni di casa si spostò finalmente in giardino, dove furono accolti dai Brown che nel periodo di attesa avevano fatto onore ai vassoi dei panini al latte. Constance tornò a sedersi insieme ai ragazzi, ma era calato un gelido riserbo tra di loro, e i giochi e gli scherzi di qualche ora prima erano stati velocemente sostituiti da un silenzio coatto.

*

Diana si appiattì dietro l'angolo del corridoio, mentre Olimpia e la signorina Andini la superavano per raggiungere le stanze della servitù.

Aveva osservato l'ingresso degli ospiti dalla balconata, nascosta dietro uno dei vasi di fiori.

Doveva ammettere a malincuore che la fidanzata di Anderson era una bella ragazza. Il viso a cuore era simile a quello di una bambola di *biscuit*, con quegli occhi vivaci e la bocca sorridente. Comprendeva come il Capitano potesse essersi invaghito, era una bellezza che colpiva l'occhio immediatamente.

Aveva sperato di poter prendere Anderson da solo, ma sua madre era stata più veloce e lo aveva trascinato via in giardino.

Chiuse gli occhi, appoggiando la testa contro il muro.

Doveva riuscire a vederlo. Doveva riuscire a parlargli, a chiedergli spiegazioni e se non gliene avesse date di valide, a rigettargli addosso tutta la sua rabbia, la frustrazione, la collera e l'umiliazione che aveva accumulato dopo la rottura del fidanzamento.

Non era per nulla cambiato.

Sempre bellissimo, il volto volitivo dal profilo classico abbronzato dal sole dell'oceano, con gli occhi d'ambra che sprizzavano il solito sdegno, l'altezzosa arroganza che terrorizzava le persone e sfidava chiunque a sostenere il suo sguardo.

Il portamento e i modi di un condottiero abituato a farsi rispettare con la frusta, se fosse stato necessario.

Non si discuteva con lui, mai.

Solo Diana era riuscita a dominare il leone, a trasformare il ringhio aggressivo in fusa affettuose. Solo le sue lunghe dita sottili infilate in quei capelli dorati avevano avuto il potere di calmare la tempesta dentro il cuore del Capitano.

Perché anche lei era in balia di quella stessa tempesta, e lui lo sapeva, l'aveva compresa, sedotta e soggiogata, esattamente come lei lo aveva domato e posseduto.

Con una mano risalì lentamente fino all'orlo del corpetto, ricordando come lui l'aveva accarezzata, baciata, no, *divorata*, e aveva supplicato il suo amore e il suo corpo. Era stata la follia di una notte indimenticabile, l'estate di due anni prima, pochi giorni prima della nomina di Anderson a Tenente e l'ingaggio temporaneo sulla *HMS Erebus* nel Mediterraneo.

Era accaduto tutto lì, a *Willow House*, nella serra, tra le piante di limone. Se inspirava profondamente, poteva persino ricordare l'intenso profumo dei fiori.

Strinse i pugni e li sbatté contro il muro, dilaniandosi le labbra con i denti stretti dalla rabbia e dalla gelosia.

Aveva disseppellito i ricordi, che come una slavina le si erano riversati addosso lasciandola devastata.

Rivederlo al braccio di quella bambolina italiana tutta ricci e fiocchetti l'aveva fatta infuriare a dismisura. Aveva lasciato lei per fidanzarsi con una pupattola insignificante?

Come aveva potuto, lui, dimenticare la passione che avevano condiviso, l'estasi, ogni piccola parte del suo corpo che aveva baciato, esplorato, consumato fino allo sfinimento?

E lei, come aveva potuto essere così sciocca da concedersi prima del matrimonio? Come aveva potuto credere alle promesse, ai giuramenti, a fantasticare sulla loro vita futura?

Era stato suo e lei gli era appartenuta.

Questo non si poteva cancellare con un colpo di spazzola come la polvere dagli stivali.

Si prese il viso nelle mani, terse le lacrime che erano sfuggite dagli occhi e tornò nella sua camera, facendo a se stessa una terribile promessa: se lo sarebbe ripreso, anche a costo di rovinare la vita a Doranna Ferretti.

Lo avrebbe costretto all'evidenza dei fatti, avrebbe raccontato ai suoi genitori la verità che aveva nascosto per tanto tempo.

Lei era stata compromessa e non avrebbe potuto essere nient'altro che la donna del Capitano Anderson!

*

"*Ti aspetto al solito posto*".

Jack ripiegò il bigliettino in quattro parti, seguendo le pieghe originali, e lo infilò nel taschino del panciotto.

Diana non si era presentata a cena, accusando una pesante cefalea dovuta al sole preso nel pomeriggio. In un certo senso, era stato sollevato dalla sua assenza.

Per tutto il viaggio verso *Willow House* aveva sperato di non incontrarla. Sapeva che sarebbe stato impossibile evitarla nei tre giorni di sosta dagli Archer che aveva programmato, prima di arrivare a Londra e affrontare i Murray. Non si aspettava che sua cugina lo avrebbe accolto a braccia aperte, ma da lei auspicava un po' di spirito sportivo: perdere non era un disonore. Tantomeno, perdere qualcuno, o qualcosa, che equivaleva a un fallito.

Sir Anderson padre aveva seriamente compromesso tutto il buon nome della famiglia, gettando sul lastrico i suoi figli. Per quanto lo riguardava direttamente, Jack aveva potuto contare sul suo brevetto di Capitano, ma per Constance la situazione era a dir poco drammatica.

Questo, fino alla morte della zia, che aveva gettato una luce di speranza sul suo futuro. Tuttavia la sorellastra non poteva ancora usufruire della sua dote, solo della rendita di un centinaio di sterline all'anno per il suo mantenimento in una casa modesta e accudita da una istitutrice nemmeno troppo pretenziosa. L'altra clausola vincolava l'eredità alla sua maggiore età, e avrebbe potuto accedervi unicamente il giorno in cui avrebbe contratto matrimonio.

La zia era stata previdente, sapendo che in gioco era il peggiore difetto degli Anderson. Per evitare che, come tutore legale, Jack potesse impossessarsi dell'eredità, aveva fatto in modo che solamente Constance potesse accedervi e a determinate condizioni.

L'unica parte positiva in tutta quella situazione era che finalmente poteva portare via Constance dagli Archer, e chiudere per sempre il debito che ancora aveva con loro.

Una volta tornati a Londra, sistemata Constance con una istitutrice affidabile, non avrebbe più avuto contatti con la famiglia di Diana.

Ma quel biglietto, scritto con la grafia che conosceva bene, spruzzato del profumo che rimandava a ricordi che credeva di aver rimosso, lo sollecitava a riprendere in mano un discorso lasciato solo a metà.

In fondo glielo doveva.

Quando aveva saputo della morte di suo padre si trovava nel Mediterraneo a lottare per mantenere i suoi gradi e portare a casa la pelle, non gli era stata concessa neppure la licenza per organizzare i funerali di suo padre. Aveva dovuto affidare tutto a Sir Archer, che fortunatamente aveva capito la situazione.

In realtà, Archer avrebbe potuto esimersi da quell'incombenza. Il loro legame di parentela sussisteva nel fatto che Sir Anderson, dopo la morte di Louisa Fairchild, madre di Jack, per tubercolosi, si fosse risposato con Anna, cugina di Pamela Archer, dalla quale era nata Constance. Gli Archer e gli Anderson si conoscevano per questioni commerciali. Gli allevamenti di ovini degli Archer producevano la lana che Anderson aveva acquistato e venduto nel Continente, favorendo entrambe le famiglie di un buono stato di benessere economico.

Il fortuito matrimonio, che avrebbe dovuto risolvere la vedovanza di Sir Anderson, era terminato quando la bambina aveva compiuto sei anni. Anna era caduta da cavallo, rompendosi il collo, durante una galoppata in Hyde Park, lasciando la figlioletta sola con il padre e un fratello maggiore di molti anni da lei.

A monte di tutto questo, Sir Archer non si era fatto problemi a prendere con sé Constance, nonostante lo scandalo caduto addosso alla sua famiglia per l'annullamento del matrimonio. Era un uomo di buon cuore, aveva un particolare affetto per i figli della cugina, ed era stato concorde con Jack sullo scioglimento del fidanzamento, poiché temeva per il futuro della sua unica figlia.

Jack gli aveva promesso che sarebbe rientrato prima possibile da Gibilterra per occuparsi della sorella, per questo motivo non voleva che la ragazzina partisse per casa Winter da sola. La guerra nel Mediterraneo aveva complicato tutto, allungando i tempi previsti da Jack per riunire la famiglia.

La settimana prima di Natale, tornato a Londra sulla *Confidence*, aveva pensato di partire immediatamente per *Willow House* e sistemare i suoi affari con lo zio, se non fosse stato per la disgraziata questione di Murray e di sua sorella.

Avevano amici potenti negli alti ranghi della *Royal Navy*, tanto che Jack aveva ricevuto l'ordine di ripartire immediatamente con la *Confidence* per portare Vianna a Livorno, ritornare poi a Gibilterra, dove avrebbe lasciato il veliero in manutenzione, e solo allora attraverso un lungo viaggio via terra avrebbe potuto rientrare a Londra.

Una maledetta perdita di tempo, che lo aveva costretto a restare lontano dall'Inghilterra ancora un mese.

Poi era successo tutto il disastro sulla *Confidence*.

Per un attimo aveva intravisto la possibilità di acciuffare una moglie, Vianna Murray, sufficientemente altolocata da permettergli di risanare le sue finanze, e abbastanza bella ed educata da non doversene vergognare in pubblico.

Non aveva considerato Wright e i suoi modi galanti, che gli permettevano di ottenere approvazione da qualsiasi donna con cui avesse a che fare, tanto da conquistarsi la ragazza.

Cosa poi avesse detto lei al fratello e al fidanzato, poteva immaginarlo. Era stata abbastanza furba da far sembrare che il loro *tête-à-tête* sulla *Confidence* fosse stato un tentativo maldestro di seduzione da parte di Jack. Ma lui aveva sufficiente esperienza per le ragazze di quella età da non farsi incantare.

Si sarebbe lasciata sedurre senza problemi, non fosse stato per un tardivo senso dell'onore che aveva sfoderato all'ultimo.

Di sicuro, Jack aveva avuto in mano le carte per distruggere i Murray, i suoi argomenti al processo di Vianna e Milly davanti alla Corte Marziale erano stati più che validi.

Se il suo piano avesse funzionato, Vianna sarebbe stata incarcerata, e con Edward in fin di vita avrebbe vendicato il proprio padre una volta per sempre.

Non aveva calcolato che le due donne avessero un asso nella manica, quell'intrigante della Hatkins, che a quanto pareva conosceva bene i fantasmi nell'armadio dell'Ammiraglio Codrington.

Come non aveva potuto immaginare che Edward potesse sopravvivere all'infezione grazie alle cure della sua fidanzata.

Quando aveva ricevuto la sfida a duello da Edward Murray, a Gibilterra, l'unica cosa a cui aveva pensato era che non intendeva certamente prendersi una pallottola in fronte per colpa di una sgualdrina svenevole. Non aveva atteso l'alba. Approfittando del periodo di licenza, dopo aver lasciato la taverna si era diretto immediatamente al porto e aveva acquistato un passaggio sul *Demelza* in rotta lungo il Mediterraneo. Sapeva che il mercantile avrebbe terminato la sua tratta a Dover dopo aver toccato diversi scali commerciali.

E il destino aveva girato di nuovo a suo favore facendogli incontrare quel delizioso bocconcino di Doranna Ferretti, niente di meno che la cognata di Edward Murray in persona.

Prese la giacca e la infilò velocemente: a proposito di ragazze audaci ed emancipate, ne aveva una ad attenderlo nella serra, e non sarebbe stato educato farla aspettare.

Capitolo 8

La limonaia era uno dei vanti di Mr. Archer. Per una scommessa, da giovane aveva portato in patria dall'Italia alcune piantine di limone, dopo aver sostato per un certo periodo sul Lago di Garda. I suoi amici di collegio all'epoca lo avevano deriso, asserendo che *Willow House* non era un luogo adatto per quel tipo di pianta, ma lui si era ostinato al punto che aveva curato alacremente i suoi limoni, aveva fatto superare loro il primo inverno nella serra che aveva fatto costruire appositamente per essi, e successivamente a ottenere altre piante dai semi. Come vi fosse riuscito, non lo sapeva nessuno.

In estate le piante cariche di limoni invasate in grossi vasi di terracotta facevano mostra di sé nel giardino e la serra veniva utilizzata per altri esperimenti. Una profusione di piante floreali di ogni tipo, la maggior parte delle quali di derivazione tropicale, poiché Sir Archer aveva pregato i suoi amici di portare dalle Americhe e dall'India qualunque specie potesse sopravvivere a un lungo viaggio in mare, occupava tutto l'ingresso della serra e anche parte del fondo, dedicato agli ortaggi invernali.

Fu in quell'oscuro e soffocante tripudio di orchidee, azalee, petunie e gelsomini che Jack sollevò la lanterna, cercando la donna che non vedeva da mesi.

«Diana.»

Sentì il fruscio della seta e un movimento alle sue spalle.

Si volse spostando la luce e si trovò di fronte l'imbocco della canna di una pistola.

«Jack! Bentornato!»

Anderson si sentì attraversare da un brivido.

Il viso pallido incorniciato da riccioli neri, gli occhi sgranati e la bocca tirata in una linea dura, era ciò che era diventata Diana da quando l'aveva vista l'ultima volta.

Lentamente posò la lanterna sul bordo del tavolo, sollevando appena le mani per dimostrarle che non voleva aggredirla.

«Se intendi spararmi è meglio che tu lo faccia subito, o che tu abbassi la pistola» le ordinò con tono duro, senza sentimento.

Diana esitò, il dito sul grilletto, senza distogliere lo sguardo dal suo.

«Come ci si sente con una pistola alla testa, eh Jack?» la voce le uscì in un sussurro sensuale, come il sibilo di un serpente. «Che sensazione ti dà? Non hai come l'impressione che tutto il mondo si riduca a quel maledetto proiettile che potrebbe mettere la parola fine a tutto, vita, parenti, responsabilità, impegni... Non ti fa sentire sollevato? Moriresti da vittima e non da carnefice, saresti un martire degno del seno di Santa Madre Chiesa.»

«Che diavolo stai delirando? Abbassa la pistola, non è divertente.»

«Dammi un buon motivo per non piazzarti questo proiettile in testa, ora.»

«Finiresti a passare i tuoi giorni in prigione in attesa della condanna a morte. Qualunque cosa io ti abbia fatto, non vale quanto la tua vita.»

La mano di Diana tremò leggermente.

Era partita con l'idea di spaventarlo, di costringerlo a inginocchiarsi davanti a lei, sentirlo supplicare il suo perdono per il dolore e l'umiliazione che le aveva afflitto, spergiurare che avrebbe rotto il fidanzamento con l'italiana e che avrebbe fatto qualunque cosa per riaverla.

Ora che lo aveva di fronte le sue intenzioni stavano vacillando, mentre lui sfidava la sorte senza retrocedere di un passo.

Era per questo che si era innamorata di lui, per il suo carattere indomito e spavaldo, perché non aveva paura neppure del demonio.

Con un gesto improvviso Jack afferrò la canna della pistola e la spostò in basso, bloccò il polso della ragazza e la disarmò.

Poche mosse e scaricò il proiettile, gettando la pistola sotto il tavolo delle orchidee.

Prese Diana per le spalle e portò il viso molto vicino al suo.

«Quando punti una pistola alla testa di un uomo devi essere sicura di volerlo uccidere. Altrimenti non farlo. Non farlo *mai*. O sarà lui a uccidere te.»

Diana tremò dalla rabbia, tradita dalle lacrime che le offuscarono gli occhi, ma anche in quel momento non abbassò lo sguardo.

«Perché?» sussurrò in un ringhio rauco.

Jack comprese il senso di quella domanda. Non aveva nulla a che fare con la pistola, ma a tutta un'altra questione.

Due anni di lontananza furono spazzati via. Il profumo di lei, il corpo morbido e le curve piene, gli occhi fieri della Dea cacciatrice di cui portava il nome. Aveva amato alla follia ogni singolo gesto, o parola, o sguardo di quella donna eccezionale. L'aveva amata perché era come lui, senza falsi pudori, senza stupide regole, libera e appassionata, il fuoco ardente di un vulcano dentro le sembianze di una ninfa.

Non seppe chi fu il primo a sporsi verso l'altro. Si trovarono avvinghiati in un abbraccio convulso, le bocche incollate in un intreccio di lingue e labbra umide.

Troppo tempo, troppi mesi senza *Diana*.

Aveva una bocca perfetta da baciare, dolce, di cioccolato e menta. L'assalì con un grugnito famelico e spietato, affamato dall'attesa, leccando e mordendo quelle labbra di ciliegia come fosse stata la sua unica fonte per dissetarsi dall'arsura del deserto.

Lei si aprì come un fiore sotto la pioggia di primavera, il mondo parve inclinarsi nell'intreccio spasmodico di lingue e labbra che assaggiavano e si divoravano.

Jack la spinse contro il tavolo delle orchidee, gettò a terra i vasi che si infransero sul pavimento e la sollevò su di esso. Abbassò l'orlo del corpetto dal seno prosperoso, rivelando alla luce della lanterna le areole rosse che si gonfiarono e inturgidirono al freddo improvviso della notte, sfregando contro la sua camicia. Con un lento movimento si staccò dalle sue labbra e seguì la linea del collo, dove una vena pulsava, tracciando con la lingua una scia calda e umida, fino all'incavo del seno.

Diana gli afferrò i capelli in una morsa, ansimando.

Ricordava. Ricordavano bene entrambi.

Le mani di lei scesero lungo il collo, le dita calde e leggere sganciarono i bottoni uno alla volta, una tortura lenta ogni volta che sfioravano la pelle e si ritraevano. Le affondò nei pettorali liberandoli dal tessuto e spinse i seni contro di lui, avvinghiandolo con una gamba attorno al fianco.

L'uomo la afferrò per i glutei serrando il contatto dei loro corpi perché lei potesse sentire la sua eccitazione, l'onda che stava montandogli dentro.

La ragazza gemette, sussurrando il suo nome in una richiesta spasmodica, le piccole mani che si fermavano alla cintola, dove la carne separata dai tessuti sfregava contro altra carne gonfia in una tensione esplosiva.

Jack abbassò il volto su un seno e appoggiò le labbra umide sulla punta dell'areola, poi la accarezzò da sotto il su con la lingua, l'afferrò tra i denti e succhiò avidamente. La sentì rabbrividire per la tensione, il respiro che si spezzava e un gemito le scivolò dalle labbra spalancate in cerca di aria.

Si sciolse nelle sue mani, mentre le apriva le cosce e risaliva sotto il tessuto fino all'incavo caldo e bagnato e iniziò a massaggiarla lentamente e dolorosamente.

Lei armeggiava con la cintola finché riuscì a introdurre la punta delle dita nella sua erezione costretta nella stoffa e peggiorò il disagio della tensione.

Era un gioco pericoloso, lo sapevano entrambi come sarebbe finita.

Ma lei non sembrava volersi ritirare, gli afferrò i capelli con una mano e gli sollevò il volto davanti al suo, mentre con l'altra stringeva il suo membro che pulsava, e lo avvinghiò in un bacio lussurioso, umido e affamato.

Diana, Diana…

Gli stava tirando i capelli come fossero stati la criniera di un sauro non domato, la sua bella dea delle foreste, profumata di verbena e lavanda, indomabile selvaggia guerriera, l'unica donna che avrebbe mai voluto con sé sul ponte di comando.

Quella che lo stava portando al massimo punto di ebollizione, e che lo voleva cavalcare come le onde burrascose contro le scogliere della Cornovaglia.

Le mani di Jack si fecero imperiose, esigenti. Con un braccio attorno ai fianchi la tenne serrata contro di sé, mentre l'altra mano la obbligò ad aprirsi ancora di più, a dargli accesso alla zona più reconditia e pulsante, a cedere terreno alle dita che scivolavano nel piacere umido e caldo, fino a farle esplodere dentro un orgasmo intenso e violento.

Diana tremò convulsamente, liberando un grido di gioia, mentre con la propria mano portava Jack oltre la soglia del controllo. Respirò il suo respiro affannato, soffocò il suo gemito con la bocca turgida, sfamandosi del loro piacere. Nelle iridi dorate vide la verità, svelata dall'emozione incontenibile, senza la maschera della malizia, senza più nessuna remora morale, solamente orgoglioso istinto di darsi reciprocamente soddisfazione. Vide l'adorazione di un dio della guerra verso la propria dea dell'amore.

Non era cambiato nulla. Era esattamente tutto come doveva essere, se solo...

... *Se solo non stesse per sposare un'altra.*

«Baci anche lei così?» mormorò, sentendo risalire la gelosia.

Jack sollevò le iridi dorate a fissare il viso della ragazza, la sua bella bocca turgida, gli occhi scuri e dilaniati dalla frustrazione.

La mascella si irrigidì, tornando a quell'espressione glaciale e distaccata che conosceva bene.

«No. Non l'ho ancora nemmeno baciata» le rispose in un ghigno malvagio e irridente, il sorriso di un lupo.

Diana puntò le mani contro il suo petto e lo spinse via, allontanandolo da sé, odiandosi per aver di nuovo ceduto alla lussuria.

«Sei un maledetto bastardo, Anderson!»

«Al vostro servizio, Miss Diana» Jack si profuse in un inchino, dipingendosi un sorriso di scherno sulla linea dura delle labbra, mentre si aggiustava la patta dei pantaloni e infilava i lembi della camicia dentro la cintura.

La guardava con quell'espressione lasciva che prima l'aveva fatta impazzire, in una sola occhiata fiammeggiante.

Diana raccolse la stoffa della gonna attorno alle cosce e si coprì il seno con un braccio, improvvisamente consapevole di essere esposta al suo sguardo.

«Non osare prenderti gioco di me!» scese dal tavolo, ricomponendo il corpetto, il viso in fiamme, un po' per la rabbia, ma molto di più per la vergogna. Non era stata capace di sparargli... o forse non lo aveva veramente voluto. E quando l'aveva baciata, tutto era tornato come l'estate prima. «Non hai idea dell'inferno che mi hai fatto passare con l'annullamento del matrimonio!»

«E tu non hai idea dell'inferno che sto passando io per il suicidio di mio padre. Se è di questo che volevi parlarmi, ti auguro la buonanotte. Noi due non abbiamo più nulla da dirci.» Jack si volse per andarsene, anche se gli bruciavano in gola le vere parole che avrebbe voluto dire alla sua ex fidanzata.

«*Doranna* lo sa?» lo provocò Diana.

Jack si fermò sulla soglia della porta, già con la mano sulla maniglia di ottone, ma non si volse.

«Non glielo hai detto vero? Non hai ancora avuto il coraggio di rivelarle la verità!» lo accusò di nuovo la ragazza, inseguendolo.

«A tempo debito la signorina Ferretti sarà informata di tutto... così come saranno informati i suoi parenti. Adesso mi preme solo portare Constance nella sua nuova casa, e toglierla da *Willow House*. Ho approfittato anche troppo della cortesia di Archer» le rispose, senza voltarsi.

«Non puoi mettere le mani sul suo patrimonio. Mio padre mi ha spiegato molto bene tutta la questione. Per questo stai irretendo quella ragazzina italiana che non sa nulla della situazione disgraziata della tua famiglia, per cercare di comprometterla e obbligarla a sposarti, così suo padre dovrà darti la sua dote e salderai i debiti del tuo, di padre!» Diana gli si fermò alle spalle, fissando la schiena rigida che restava ostinatamente voltata.

Jack chiuse gli occhi per un solo istante. Non era possibile imbrogliare Diana, lo sapeva fin troppo bene. Proprio per questo aveva chiuso ogni rapporto con la ragazza, per far in modo che non fosse lei la vittima, l'unica persona in grado di risolvere i suoi problemi. Con l'annullamento del matrimonio aveva trovato il modo per non trascinarla nel suo inferno, ma lei non lo aveva capito.

Lo aveva fatto solo per proteggerla.

E doveva continuare a essere così.

Si obbligò a mostrare sul volto un'espressione algida, poi si volse appena a guardarla negli occhi.

«Non vi devo nessuna spiegazione, Miss Diana» le disse in tono inespressivo, tornando a prendere le distanze. «Voi ed io siamo due estranei. Cercate di ricordarlo. E cercate di dimenticare il resto, se potete, per la serenità di entrambi.» Senza aggiungere altro si avviò verso il sentiero che riportava al palazzo, scomparendo nel buio.

Diana rimase pietrificata a guardare la sua sagoma svanire oltre le siepi, incapace di pronunciare altre parole.

L'attraversò un tremore improvviso, non dato dal freddo della notte ma da un gelo interiore, devastante come l'Artico.

Se non era stato chiaro nella lettera di annullamento del fidanzamento, adesso era sicuramente un addio definitivo.

Sentì dentro al petto uno strappo doloroso, talmente profondo che le mancò il respiro.

Si lasciò cadere sulle ginocchia, permettendo finalmente alle lacrime di inondarle gli occhi e scivolare sulle guance, come non era ancora riuscita a fare prima di allora.

Adesso era veramente tutto finito.

Capitolo 9

«Mi raccomando, Miss Constance, riguardatevi e non abbandonate gli studi di matematica.»

«Vi ringrazio di cuore di tutto, Miss Green.» Constance tese la mano dal finestrino della carrozza per stringere quella della sua istitutrice. Poi la tese a Lady Pamela. «Addio Milady, grazie per ogni cosa, non vi dimenticherò mai. Siete stata il mio rifugio e la mia salvezza in questi mesi così oscuri.»

«Fai buon viaggio, mia cara. Ci scriveremo spesso e la distanza non sarà un grande peso.» Lady Pamela aveva già abbracciato la ragazzina, prima che salisse in carrozza, ma non riusciva a distaccarsene, come se si fosse trattato di una seconda figlia.

«Vi scriverò subito appena arriveremo nello Yorkshire» gli occhi di Constance si volsero verso Diana, rimasta alle spalle delle due signore. Non riusciva a dimenticare il lugubre giorno in cui Diana era venuta a prelevarla a Anderson Hall, con quell'abito nero e la veletta che le nascondeva il viso. Anche ora lo nascondeva sotto la tesa del cappellino, come se non volesse far notare la tristezza dipinta su di esso.

Si scambiarono un'occhiata intensa, senza aggiungere altri saluti.

Dall'altro sedile, Doranna si sporse con la mano inguantata di pizzo per salutare con un cenno gli

Archer, che sostavano sugli scalini di *Willow House* assembrati in un quadretto di famiglia.

Dall'interno della carrozza si sentirono i due tocchi del bastone di Anderson che ordinavano al vetturino di partire. Gli occhi di Constance, che si sporse con il capo, seguirono ancora per poco la famiglia che l'aveva accolta, poi a una curva del viale sparirono dalla sua vista e dovette ricomporsi sul sedile, accanto a suo fratello.

In quel momento una grande infelicità scese nel suo viso pallido e negli occhi celesti, abbassati sulle mani.

«Non temete, cara. Dopo che vi sarete stabilita a Kingston-upon-Hull vedrete che tutto vi sembrerà più sereno.» La incuorò Doranna. «Dovrete pensare al guardaroba nuovo e alla scuola per signorine a cui accederete in settembre. Avremo tutta l'estate per preparare il corredo. E la prossima primavera torneremo a Londra per la stagione! Non siete ansiosa di fare il vostro ingresso in società? Sarò la vostra *chaperon*, sono certa che troverete tutto molto eccitante!»

«Prima di occuparvi dell'ingresso in società di Miss Constance...» intervenne la signorina Andini, «... sarebbe il caso di scrivere ai vostri parenti per annunciare il vostro fidanzamento. Quantomeno, vostro padre deve essere informato...» La donna si ammutolì di colpo sotto lo sguardo severo che le rivolse Anderson, seduto di fronte a lei.

Doranna si volse verso l'istitutrice con un sorriso.

«Non angustiatevi per me, appena faremo sosta a Londra andremo a trovare mia sorella e suo marito, e in quella occasione annunceremo il nostro fidanzamento. Sono ansiosa di vedere la faccia che farà Mina quando le presenterò Anderson!»

La signorina Andini strinse il ventaglio nelle mani, evitando di aggiungere commenti a quella esternazione. Si rese conto che la sua pupilla aveva invidiato molto la sorella maggiore, che ormai da alcuni mesi si era trasferita a vivere a Londra, a Palazzo Murray, a seguito del matrimonio con Edward Murray, attualmente Lord Doncaster, dopo la consegna ufficiale del blasone comitale ricevuta dal reggente, che al momento si trovava in mare con l'ingaggio rinnovato di Capitano sulla *Defence*.

La donna non aveva accettato di buon grado la decisione di Doranna di frequentare Anderson. Sapeva troppo poco di quell'uomo e ne aveva un sacro timore. Ogni volta che le fissava addosso il suo sguardo severo si sentiva rimpicciolire, come se fosse stata colpevole di un delitto. Comprendeva molto bene che l'addestramento militare in marina avevano forgiato un uomo molto duro, ma a volte scorgeva nelle iridi color miele un'ombra spietata che la metteva a disagio. Cosa che non succedeva a Doranna, la quale forse accecata dall'infatuazione negava ogni aspetto malevolo nel fidanzato. Se la situazione non era ancora precipitata, compromettendo per sempre l'onorabilità di Doranna, era solo perché la signorina Andini non la lasciava sola un istante, nemmeno per concedere un minimo di privacy ai due innamorati.

La proposta di fidanzamento da parte di Anderson era stata dichiarata di fronte a lei, quasi si trattasse di una transazione commerciale, come l'acquisto di un cavallo.

Doranna naturalmente aveva accolto la proposta con uno strillo di gioia ed esultanza, impedendo all'istitutrice di scrivere immediatamente al padre per avvisarlo. Voleva essere lei stessa a dare l'annuncio alla sorella a Londra per vedere di persona il suo sguardo stupefatto, poi avrebbe scritto a suo padre.

Ma in questo modo, Doranna e l'istitutrice stavano viaggiando ormai da una settimana insieme al Capitano Anderson, dopo essere sbarcati a Dover, rischiando seriamente di compromettere l'onore della ragazza, qualora fosse accaduto qualunque cosa, anche solo un dubbio, un'indecisione da parte dell'uomo, se non addirittura una ritrattazione. La scusa per non raggiungere subito Londra era stata quella di voler recuperare Constance, che si trovava a metà strada per la capitale.

Non voleva nemmeno pensare a quella opzione.

Si costrinse a restare calma e non proferire alcun commento all'entusiasmo di Doranna, che aveva ripreso a riempire di chiacchiere Constance. La ragazzina in lacrime era inconsolabile, e la sua futura cognata cercava in tutti i modi di spostare la sua attenzione verso argomenti futili e superficiali per rasserenarla.

L'unico a rimanere completamente distaccato, quasi assente, dalla conversazione, era proprio Anderson.

Jack sembrava estraniato da quello che succedeva all'interno della carrozza. Fissava un punto oltre il finestrino aperto, dove la campagna inglese scorreva lentamente in un susseguirsi di pascoli e piccoli cottage.

Capitolo 10

Diana fece il suo ingresso nel salotto di Lady Archer stringendo tra le mani una lettera.

La madre, in piedi accanto alla finestra, teneva le mani intrecciate davanti a sé, appoggiate al grembo, in quella posizione rigida che Diana conosceva bene. Stava affrontando una conversazione imbarazzante con Miss Green, probabilmente riferita al congedo dell'istitutrice, che purtroppo non aveva ottenuto un rinnovo del contratto da parte di Anderson, come del resto era prevedibile.

La conversazione si interruppe quanto Diana avanzò a passo leggero sul tappeto orientale e si sedette nell'unica poltrona libera accanto al camino. Sull'altra giaceva arrotolato Simion, il gatto di casa. Lady Archer lo coccolava e lo viziava più di un figlio e se non lo si trovava sulla sua poltrona preferita, era sicuramente in braccio alla sua padrona.

Al suo apparire, Simion scrutò Diana con i suoi occhi gialli e uno sguardo annoiato, sbadigliò, prima di arrotolarsi dall'altra parte, voltandole la schiena.

Un pensiero fugace, piuttosto tetro, passò nella mente di Diana: doveva essere una consuetudine del genere maschile, quella di voltarle la schiena. Poi si diede della sciocca melodrammatica. Al gatto non era mai interessato nulla di lei.

Approfittò dell'improvviso imbarazzato silenzio per introdursi nella conversazione, di qualunque cosa stessero parlando le due donne.

«Madre, Miss Green, vorrei parlare a entrambe se mi concedete alcuni minuti del vostro tempo.»

Lady Archer osservò la figlia con un po' di disagio. Aveva ragionato molto sul discorso che si era preparata, e l'interruzione della figlia l'aveva disturbata. Ma reputò che, se Diana chiedeva così insistentemente di essere ascoltata, la questione non poteva essere che urgente.

«Mi è giunta una lettera da Helena. Mi invita a raggiungerla a Bath per un paio di mesi, il tempo in cui lei e sua madre si fermeranno nella loro tenuta estiva. Come ricorderete, la madre di Helena soffre di problemi respiratori e durante l'estate si trasferiscono a Bath per i bagni termali. Se non avete obiezioni, vorrei accettare l'invito e portare con me Miss Green come dama di compagnia, in modo che io possa passeggiare per la città o frequentare i bagni anche senza la presenza di Helena.»

Le due donne ascoltarono a occhi spalancati, poi si guardarono interdette, indecise su una risposta confacente alla richiesta di Diana.

Infine, Lady Archer si sedette sul divanetto di fianco alla figlia, facendo cenno a Miss Green di avvicinarsi a loro.

«Mia cara, sei sicura di voler partire? Non sarà solo un diversivo per tentare di scordare la visita di Anderson?»

«Avete visto bene, madre. Bath è piena di intrattenimenti, molte delle mie compagne di collegio si trasferiscono là durante l'estate, passerò due mesi sereni e dimenticherò definitivamente Jack. Magari è l'occasione per trovare marito... uno che non scappa.»

Miss Green tossicchiò imbarazzata, arrossendo confusa, ma attese che fosse Lady Archer a dare il consenso alla figlia.

«Allora non ho nulla da obiettare, se mi assicuri che sarai ospite della tua amica e che vi sia presente sua madre nella tenuta. Credo di poter parlare anche a nome di tuo padre.» Lady Archer prese le mani della figlia stringendole accoratamente. «Sentiremo la tua mancanza. La partenza di Constance e la tua renderanno vuota questa casa.»

«Si tratta di un periodo breve, sarò presto di ritorno. Voi sapete che *devo* andare. Il mio ritorno in pubblico metterà a tacere i pettegolezzi, ormai è passato parecchio tempo. Nessuno si ricorderà più dello scandalo, ritornerò a frequentare la società. Sapete che è *necessario*.»

«So che vorrei tu fossi felice, mia cara. Dovrebbe essere tuo padre a occuparsi della questione del tuo matrimonio...»

Diana si alzò dal divano, nascondendo una smorfia dietro a un sorriso di circostanza.

«... ma mio padre non ama frequentare il bel mondo. Non lo distoglierò dalle sue mandrie e dai suoi pascoli per farmi da sensale. Lasciatemi passare questo periodo ai bagni, al mio ritorno discuteremo di come trovare marito e di un eventuale trasferimento a Londra. Avremo senz'altro una parente che possa ospitarmi per la Stagione?»

«Oh, cara! Vuoi tentare di nuovo la Stagione?» Lady Archer guardò allarmata prima la figlia, poi di sfuggita lanciò una muta richiesta di soccorso a Miss Green. «Hai già ventun anni... e mi è giunta voce dell'Incomparabile che in questa Stagione ha oscurato tutte le altre debuttanti.»

Diana si rendeva conto che alla sua età sarebbe stato più consono riapparire alla Stagione come patronessa, piuttosto che come *oggetto* del mercato matrimoniale. La sua occasione l'aveva avuta due primavere prima, quando al suo debutto ad Almack's era stato chiaro come fosse lei l'unica ragazza a meritarsi l'appellativo di Incomparabile, e all'epoca Jack aveva dovuto lottare con altri quattro pretendenti per ottenere la sua mano. Pretendenti che, purtroppo, nel frattempo si erano sposati.

Proprio per quel motivo, Diana aveva accettato l'invito di Helena. Bath era frequentata da quella categoria particolare della società londinese formata dalle zie, le nonne, e le sorelle di altrettanti aitanti giovani scapoli, magari dispersi nelle tenute di caccia, che l'avrebbero di nuovo inserita nel *ton*. Doveva battere sul tempo le ragazze che avrebbero debuttato alla Stagione la prossima primavera.

Lo sapeva lei, lo sapeva Miss Green, che ora fissava desolata Lady Archer, e lo sapeva anche sua madre.

Presa da un moto di improvviso coraggio, Diana si sporse ad abbracciare la madre.

«Non siate angustiata. Vi scriverò tutti i giorni e vi racconterò le belle cose che faremo io ed Helena.» Poi si volse verso l'istitutrice. «Coraggio, Miss Green! Abbiamo dei bauli da riempire.»

Olimpia si fece mentalmente il segno della croce.

Aveva programmato la propria esistenza pensando di cercare un nuovo datore di lavoro, ed ecco che la sua pupilla si era trasformata nell'insolita opportunità di godere di un viaggio inaspettato in Cornovaglia, senza la responsabilità di viaggiare con una minorenne. Decisamente, il destino aveva preso una piega piena di entusiasmanti incognite.

Capitolo 11

Sir Archer intercettò la figlia nel corridoio che dal proprio studio portava al salotto.

Da due giorni cercava il modo di parlarle, ma la decisione di partire per Bath aveva scatenato nella servitù una sorta di febbrile esagitazione, dal momento che Diana aveva mancato ai pranzi e alla cena della sera precedente con la scusa che stava preparando i bauli, alterando il normale ritmo delle consuetudini familiari.

«Diana, devo dirti una parola in privato.»

La ragazza si fermò di fronte al padre con un sorriso, sostenendo tra le mani un trapuntino patchwork che era riuscita a far rammendare dalla servitù, della misura giusta per essere sistemato nel baule da viaggio.

«Sono alquanto presa dai preparativi, padre. È importante?»

Conoscendo suo padre, i suoi modi scrupolosi e riflessivi, temeva che se gli avesse dato corda l'avrebbe intrattenuta per più di un'ora in raccomandazioni sul conservare il denaro senza sperperarlo in inutili gingilli, come chiamava lui i cappelli, i guanti e gli altri accessori femminili, oltre che a tentare di dissuaderla dalla partenza.

«Lo è. C'è una persona nel mio studio che attende di parlarti. È venuto stamani, sperando di poterti vedere prima di colazione, ed è ritornato ora.»

«Santo Cielo! È una cosa grave?»

«No, no!» Sir Archer si schermì, diventando paonazzo. Non era uomo da salotto, ma la questione riguardava sua figlia, più che lui stesso, e lo imbarazzava anche la situazione in cui si era trovato a fare da mediatore. «Mr. Brown desidera parlarti. Credo tu possa concedergli qualche minuto del tuo tempo.»

«Mr. Brown?» Diana sgranò gli occhi, tentando di associare il volto del loro vicino di casa a una qualsiasi causa che potesse averlo portato a casa Archer e che non comprendesse vacche, ovini e pascoli. «*Quel* Mr. Brown?» chiese per la precisione, con un moto di disagio.

«Non conosco altri che il nostro onorato vicino con quel nome, figlia mia.» La riprese Sir Archer.

Diana si ricompose immediatamente con uno sguardo contrito, abbassando gli occhi.

Sicuramente il motivo della visita verteva sull'istruzione dei suoi figli. Durante la stagione invernale, Diana aveva sostituito la maestra della scuola ad Hartley, un piccolo villaggio a poche miglia da *Willow House*. Miss Sheffield si era ammalata ed era stato necessario cercare un sostituto. Il Reverendo Amos l'aveva pregata di assumere l'incarico temporaneo e si era prestata volentieri.

Temeva che Brown fosse tornato alla carica per chiederle di occuparsi dei suoi figli senza fargli frequentare la scuola, data la confidenza tra le due famiglie e la vicinanza delle loro tenute.

Non che le dispiacesse occuparsi dell'educazione di piccole menti, ma non lo aveva fatto per Constance e non intendeva farla diventare una professione per la vita.

Al cenno del padre, attraversò la soglia dello studio e camminò rigida sul tappeto fino a raggiungere l'ospite, che si affrettò ad alzarsi dalla sedia accanto alla scrivania di Sir Archer.

Diana fece un breve inchino rispettoso e sentì un secondo dopo lo scatto della maniglia della porta alle sue spalle.

Quando si volse, si rese conto di essere rimasta sola con l'allevatore.

Un terribile sospetto si fece strada nella sua mente. Strinse il trapuntino tra le dita, nascoste sotto le pieghe della lana colorata. Ormai era in trappola, suo padre era stato molto scaltro.

"Mr. Archer, mio padre mi ha informato che desiderate parlarmi."

L'uomo la invitò a sedere nella sedia di fronte a lui, poi si accomodò, posò una mano sul proprio ginocchio e l'altra sul bracciolo della sedia, con una inclinazione del busto verso il gomito che si sosteneva sul bracciolo.

Indossava abiti da caccia, di quel tipo che spesso anche Sir Archer prediligeva per attraversare i campi della tenuta, quando si occupava dei pascoli.

Da giovane era stato un uomo avvenente, ma con gli anni il corpo atletico era stato sostituito da una placida pinguedine, mentre il volto che in passato aveva fatto sospirare più di una fanciulla era diventato rubizzo e bonario. La vita all'aperto gli aveva anche procurato un'abbronzatura simile a quella dei suoi fittavoli, che in un certo senso compensava con la perdita dei capelli che un tempo erano stati il suo vanto, ed ora erano solo un vago ricordo di vanità sfiorita.

Di lui sapeva che si era sposato tardi e aveva perduto la moglie a causa del mal sottile.

Diana sentì un freddo brivido scenderle lungo la schiena, prima ancora che l'uomo iniziasse a parlare.

"Vorrei che ascoltaste ciò che ho da dirvi, poi deciderete secondo coscienza. Sono vedovo da due anni, come ben sapete, e dopo la dipartita di Caroline pensavo di essere in grado di crescere i miei figli esattamente come se lei fosse stata ancora in vita. Mi resi conto solo dopo pochi mesi che mia moglie era più di una semplice compagna, oltre che essere una madre esemplare. Lasciò un vuoto incolmabile, e la sua mancanza si abbatté su di noi come una tempesta. Devo ringraziare il buon cuore di Padre Amos per il tempo che ha dedicato ad ascoltare i miei sensi di colpa e le mie aspettative frustrate, se ora la mia famiglia è ancora insieme e unita. Ho accettato finalmente la perdita della mia amata Caroline, e so perfettamente che non riuscirò più ad amare un'altra donna come ho amato lei. Resta comunque il fatto che la mia esistenza è molto solitaria, sento la mancanza di una presenza femminile con la quale condividere confidenze e progetti futuri per i ragazzi. Mi manca una consigliera che smussi il mio carattere marziale, e che sia in grado di colmare la mia carenza di empatia verso la sensibilità dei miei figli.» Brown prese un profondo respiro, ma prima che Diana potesse controbattere, riprese il discorso che si era preparato. «Sarò molto onesto con voi, Miss Diana. Non sono un uomo romantico e ho passato l'età dei fervori sentimentali. Tuttavia, questo mi permette di offrire la mia casa come rifugio e la mia mano come sostegno a una donna come siete voi, con la vostra determinazione e la vostra singolare capacità di gestire voi stessa e chi vi circonda senza far pesare la vostra presenza. Vi conosco da quando eravate una bambina e ho seguito le vostre vicende, spesso domandandomi da dove avete estratto la forza per superare lo scandalo dell'annullamento del matrimonio, ma lo avete fatto, con dignità e senza scalpore.»

Diana si sentì salire il sangue al viso, e un istante dopo lo sentì precipitare in fondo ai piedi.

«Provo molta ammirazione per il vostro carattere indomito e per la fierezza con la quale non avete permesso alle malelingue di abbattervi.» Proseguì l'allevatore con un moto di apprezzamento. «Per questi motivi sono qui a chiedervi di farmi l'onore di diventare mia moglie. Non posso offrire altro che questo corpo e questa mente, per voi già vecchi, oltre al mio onorevole patrimonio e due ragazzi che necessitano di una guida femminile insieme a quella di un padre devoto." Brown sollevò una mano, prima che Diana potesse ribattere alla sua dichiarazione. «Comprenderò le vostre proteste a questa mia proposta. Non è certamente la proposta di matrimonio che una giovane in età da marito si aspetta di ricevere. Ma è la migliore offerta che posso permettermi di farvi e la propongo sinceramente, senza mascherarla da falso sentimentalismo, che voi smaschererereste immediatamente.»

Diana sentì un improvviso capogiro. Si sforzò di restare seduta nella poltrona di vimini e di assimilare il significato delle parole di Mr. Brown. Aveva detto tanto e ora attendeva una risposta.

«Ho bisogno di riflettere.» Non riuscì a trovare una risposta immediata. «Datemi un giorno per ragionare sulla vostra proposta.»

«Vi darò anche due giorni, se lo ritenete necessario. Non è una proposta alla quale rispondere di istinto, vorrei che valutaste attentamente tutte le condizioni che vi ho illustrato. E se posso aggiungere, il fatto che la mia tenuta sia confinante con quella della vostra famiglia è senz'altro un punto a vantaggio della mia offerta. Avreste la possibilità di continuare a frequentare i vostri parenti, senza sentire la loro mancanza, e senz'altro poter usufruire dei loro saggi consigli.»

Aveva pensato proprio a tutto.

Diana sentì un piccolo demonio interiore che le faceva notare come tutto venisse puntualizzato, facendo appello alla sua razionale capacità di prendere sempre la decisione più opportuna.

Improvvisamente, tutta quella situazione le sembrò rasentare l'assurdo. Riuscì, non seppe come, a osservare se stessa e Mr. Brown con totale distacco.

Eppure non vi era nulla di assurdo in quella proposta. Mr. Brown le aveva esposto in maniera molto onesta i termini di un contratto matrimoniale, e aveva ragione, probabilmente sarebbe stata la migliore proposta che avrebbe potuto riceve.

Nessun coinvolgimento sentimentale, tranne probabilmente l'assolvimento dei doveri coniugali finché Brown fosse stato fisicamente in grado di sostenerli. Non era così anziano come dichiarava modestamente di essere. Portava bene i suoi quarantasei anni, e nonostante la grande differenza di età, aveva trovato nella calma e moderata posatezza di Diana una possibile compagna con la quale condividere la sua esistenza, senza grossi sobbalzi emotivi, senza melodrammi e sceneggiate di aspettative disattese. Con un po' di pazienza, dopo il primo mese di matrimonio, che avrebbe richiesto un periodo di assestamento, si sarebbe stancato della sua mancanza di entusiasmo affettivo per tornare a occuparsi delle sue pecore e dei suoi pascoli, lasciandole la conduzione della casa e l'istruzione dei due figli in totale e fiduciosa libertà di gestione. Sarebbero invecchiati felicemente, senza troppi drammi, nell'attesa delle vacanze estive dei nipotini, per regalare loro pony e cani da caccia, e far volare aquiloni.

Il futuro si dipanava come un nastro di ordinaria mussolina davanti alla visione di Diana, nulla di lustro come la seta, e nemmeno di appassionante come il pizzo.

«Avete già esposto questa proposta a mio padre?»

«No, Miss Diana. Ho ritenuto di doverne parlare prima con voi. Come vi ho detto, tengo molto in considerazione la vostra opinione. Del resto, è con voi che desidero maritarmi, non con vostro padre.»

Non faceva una piega.

Per la prima volta, Diana dovette ammettere che era la migliore conversazione che sosteneva con un appartenente al sesso opposto senza doversene andare dal salotto indignata per la volgarità degli argomenti sostenuti.

Mr. Brown era senz'altro un signore, in ogni modo in cui lo si volesse osservare. Meritava di essere trattato come tale e di sicuro non licenziato come un qualunque cicisbeo supponente e arrogante.

«Venerdì all'ora del tè avrete la mia risposta.»

Brown si alzò dalla panca, porgendole un inchino formale e accennando un baciamano.

«Attenderò con ansia la vostra decisione, Miss Diana. Vi auguro una buona serata.»

Lo accompagnò all'ingresso della tenuta e si accomiatarono con un semplice saluto.

Brown si avviò giù per i gradini del patio e lungo il vialetto di ghiaia dondolando la canne con un accenno di baldanza quasi insolita per un tipo serioso come lui.

Le parve quasi di vederlo saltellare lievemente sui gradini.

Lo seguì con lo sguardo finché scomparve oltre la siepe che separava il giardino dai campi.

Sapeva già che risposta dargli, non doveva pensarci su ulteriormente. Ma non era la risposta giusta. Aveva preso tempo per abituarsi all'idea di diventare Mrs. Brown, giovane matrigna di due ragazzini inselvatichiti ma con gli sguardi che bramavano affetto.

Eppure se chiudeva gli occhi vedeva solo il volto di Anderson, le iridi color miele, e null'altro. Avrebbe avuto davanti quella visione del Capitano per il resto della sua esistenza. Mr. Brown sarebbe stato paragonato a lui inevitabilmente, fino a perdere qualunque possibilità di gareggiare con il biondo Capitano.

Chiuse gli occhi e sospirò profondamente. Tutte le opzioni ragionevoli portavano a Brown, doveva rassegnarsi prima possibile e felicitarsi con se stessa per aver ricevuto quella proposta.

Capitolo 12

«Vuoi sposare Mr. Brown?!» Lady Pamela fissava la figlia a occhi sgranati, la mascella caduta e la bocca piegata in un'espressione sbalordita.

Si volse lentamente verso il marito cercando da lui una conferma a quell'assurdità.

«Eravate al corrente di questa cosa, Harold?»

Quando Sir Archer abbassò lo sguardo sull'aringa che aveva nel piatto per evitare gli occhi della moglie, Pamela si irrigidì e lo fulminò con un'occhiata di sdegno, quindi tornò alla figlia, seduta a metà del tavolo, che imburrava la propria fetta di pane.

«Spero si tratti di uno scherzo, o quando meno di una possibilità che hai preso in considerazione solo come ultima chance.»

«Ci sto seriamente riflettendo, madre. Devo dargli una risposta venerdì» rispose laconicamente Diana, dando un morso alla fetta di pane senza troppo entusiasmo.

«Me lo auguro, che tu ci stia riflettendo seriamente! Sono a dir poco sconcertata!»

«Non lo approvate, mia cara?» tentò un approccio pacifico Sir Archer.

«Non siate ridicolo, Harold! Certo che *non* lo approvo!» Pamela sbatté il tovagliolo accanto al piatto. «So perfettamente che Diana deve sposarsi e che ogni proposta che arriva è da tenere in considerazione, ma i Brown non sono al nostro livello sociale, sarebbe veramente degradante accettare un simile accordo.»

«Non sono così sciocca da sentirmi superiore a Mr. Brown.» intervenne Diana, spiegando le sue ragioni. «È vero, non ha un blasone da sfoggiare come gli Archer, ma è benestante, se non addirittura ricco. È un ottimo amministratore dei propri terreni, giusto e corretto con i fittavoli, è una brava persona e tratta bene i figli. La sua tenuta è in ordine e perfino gli animali dei suoi allevamenti sono mantenuti come fossero persone. A volte, passeggiando verso i confini l'ho sorpreso aiutare i pastori nella tosatura e marchiatura delle pecore, senza curarsi di sporcarsi gli abiti.»

«Non stiamo discutendo della sua rettitudine morale o della sua capacità di gestione delle proprietà» obiettò Pamela, stringendo i pugni sull'orlo del tavolo.

«Allora di cosa stiamo discutendo?» incalzò Diana. «Di romanticismo? Non siate sciocca, madre, non lo siete. Sapete molto bene che non posso permettermi il lusso di essere romantica. Lo sono stata quando ero fidanzata con Anderson, ma quel tempo è passato, sono cresciuta. Sono cambiata.»

«È esattamente di questo che intendo discutere! Del fatto che sei cambiata. È un bene che tu abbia smesso di essere romantica perché difficilmente riuscirai a trovare un amore simile a quello che ti legava a Jack, ma non per questo ti devi rinchiudere in una fattoria per il resto della tua vita! Volevi andare a Bath, se non sbaglio. Vorrei che tu prendessi tempo, che tornassi tra le persone del nostro livello sociale per cercare almeno una o due alternative. Sei una bella donna, intelligente e istruita, elegante, di ottima famiglia e con una rendita sufficientemente interessante per un nobile che voglia prenderti in moglie. Sei ancora giovane per avere almeno una decina di figli, e in ottimo stato di salute. Meriti di attraversare Saint James Street a testa alta e con una cameriera a seguito, come tutte le tue amiche londinesi.» Pamela espirò, appoggiandosi alla spalliera della sedia, le gote arrossate per la sua arringa appassionata.

Diana la fissava un po' sconcertata e al tempo stesso sorpresa. Sua madre non esprimeva spesso le proprie opinioni, era una donna pacata, anche se non remissiva, e si adeguava benignamente alle decisioni del marito.

In quel momento pareva invece arsa dal sacro fuoco delle differenze di classe sociale.

«Dal vostro accorato discorso potrei quasi supporre che vi dispiacerebbe dover scrivere alle vostre amiche che vostra figlia accetterà la proposta di matrimonio di un allevatore» borbottò Sir Archer, improvvisamente riemerso dall'aringa che aveva nel piatto, ormai fredda.

Pamela volse lentamente il capo verso di lui, seduto a capotavola di fronte a lei.

«Adesso siete voi a essere sciocco, Harold! Non sono così frivola come voi pensate che io sia!»

«Oh, mi guardo bene dall'affermarlo!» si schermì Sir Archer. «Tuttavia, non vedo molta differenza tra la ricchezza materiale di Brown e l'agiatezza che Diana potrebbe trovare sposando un blasonato. Anzi, se si ostinasse a cercare un marito con una concessione nobiliare potrebbe incorrere nel rischio di trovare uno spiantato incapace di amministrare i propri beni e sull'orlo del collasso finanziario. Ultimamente non si legge altro sul Times che di baroni ridotti alla bancarotta e conti con l'acqua alla gola per aver investito in pessimi progetti di automatizzazione delle filande, mercantili affondati dalle tempeste tropicali, rivolte degli schiavi nelle piantagioni in sud America, rivolte degli indigeni nelle colonie in India...»

Madre e figlia guardarono a occhi sbarrati Sir Archer per alcuni minuti, i toast abbandonati nei piattini insieme ai panini al latte con la crema di cetrioli.

Diana dovette ammettere che il discorso di suo padre non faceva una piega. Oltretutto, era molto restia a tornare in società dopo lo scandalo. Si stava scoprendo più asociale di quanto avesse immaginato. Tuttavia, le dispiaceva l'idea di rinunciare alla visita a Bath, aveva bisogno di cambiare ambiente, di frequentare le amiche, di... frivolezze, doveva ammetterlo. Aveva bisogno di entrare in una merceria a comprare nastri colorati come da ragazzina, durante le vacanze estive, quando era ospite di Helena e passavano le giornate sedute sulla riva dell'Avon a gettare mollica di pane ai cigni, a fantasticare sul giorno del matrimonio e su come avrebbero arredato la casa da sposate.

Le mancava la leggerezza di quelle giornate tranquille e languide, gli acquerelli all'ombra del patio, i giochi con i cugini che arrivavano da Londra, le gare a croquet, le nuotate al lago.

Le mancava quella giovane Diana spensierata che era stata un tempo.

Si rivolse a sua madre con un mezzo sorriso.

«Vi propongo un compromesso. Devo per forza dare una risposta a Mr. Brown, ma invece di un sì definitivo gli chiederò di concedermi due mesi. Starò a Bath con Helena, mi svagherò, andrò a passare le acque alle terme romane, andrò a teatro, riprenderò i contatti con le mie amiche e magari otterrò qualche invito alla sala da ballo. Riprenderò la vita che frequentavo due anni fa, prima dello scandalo, e cercherò l'opportunità di un matrimonio favorevole sia per voi...» propose alla madre, «... che per voi, padre» concluse con un mezzo inchino del capo verso il padre. «E farò il possibile per trovare un candidato che non sia sgradevole come marito, dato che sarò io a doverlo sposare. Vi confesso che non sono molto entusiasta di unirmi a un uomo avanti con gli anni, con il rischio di trovarmi vedova a quarant'anni con dei figli a carico e nessuna prospettiva coniugale per il resto della mia vita. Non mi ci vedo a occuparmi di opere di carità per i poveri della contea o a gestire la scuola di Hartley insieme ad altre vedove.»

«Oh, adesso sì che si ragiona!» sbottò Lady Pamela, soddisfatta.

Sir Archer fece un breve sorriso di approvazione e annuì.

Diana riprese le posate e terminò quella lunga e imbarazzante colazione cambiando totalmente argomento e spostando l'attenzione dei genitori sulla necessità di noleggiare un carro con il conducente per il suo viaggio a Bath.

Per il momento era riuscita a sospendere le ostilità, operando come un giocoliere che lanciava in aria le bocce senza mai farle cadere.

Finché fosse riuscita ad accontentare tutti, le avrebbero permesso di vivere la sua vita senza troppi scossoni emotivi.

Ora poteva concentrarsi su un obiettivo preciso. Prima però doveva inviare una lettera a Brown spiegandogli le sue decisioni e pregandolo di accettare la sua momentanea risposta, facendo leva sui suoi buoni sentimenti.

Capitolo 13

L'*Assembly Rooms* era esattamente come Diana ricordava, un posto luccicante di lampadari di cristallo, candele, arredi lussuosi e gente elegante.

Attraversando l'ingresso fra le due ali di tende di velluto rosso prese un respiro profondo e trattenne il fiato finché non mise i piedi sul marmo della sala da ballo.

Solo allora espirò e si riempì gli occhi di magnificenza.

Le era mancato, doveva ammetterlo. Le era mancato quel profluvio di sete, gioielli, chiacchiericcio sommesso, ventagli di piume, profumi speziati, la musica dei violini in sottofondo, l'elettricità che serpeggiava nell'aria in attesa che il maestro di sala desse il via al ballo. Le era mancato il buffet di dolci, gelati e bevande a base di frutti esotici, i vini del Continente, l'andirivieni dei camerieri in divisa e guanti candidi.

L'ultima volta che era stata in quel luogo non era ancora fidanza con Jack, era una debuttante appena uscita dal collegio ed era così ingenua che ogni cosa le era sembrata enorme e sfavillante, ogni gentiluomo che le chiedeva un ballo le aveva procurato un batticuore, il carnet così pieno di bigliettini di ammirazione che strabordavano dalle pagine. E i fiori, i cesti di fiori che arrivavano il giorno dopo per lei ed Helena, erano uno più costoso e ricercato dell'altro, quasi che i loro pretendenti gareggiassero per conquistare i loro favori.

Bath era rimasta tale e quale l'aveva lasciata, con i suoi rituali sociali, i bagni alle terme, i concerti, i tè pomeridiani tra le signore altolocate.

Era stato un sollievo arrivare a casa di Helena e trovarla sorridente e felice in attesa del suo primo figlio.

Il marito era rimasto a Londra per concludere alcuni affari prima di raggiungerla definitivamente nel Somerset, dove sarebbe rimasto fino alla nascita del bambino per assistere la moglie.

Nel frattempo, la sua amica aveva insistito per ospitarla, per non sentirsi sola nell'ultimo mese di gravidanza, ma l'aveva lasciata libera di frequentare i divertimenti della città insieme alla suocera, una donna allegra e gentile che non si era risparmiata per accompagnarla nei negozi a fare spese.

Lady Carnhale aveva anche buon gusto e le aveva consigliato alcuni colori pastello più adatti al suo incarnato, piuttosto che le mussoline chiare a fiorellini indossate dalle ragazzine.

Si era poi prodigata per farle ottenere un ingresso all'*Assembly Rooms*, ben consapevole che Diana aveva un obiettivo preciso, che era quello di trovare un buon partito.

La Lady vantava diverse conoscenze in città e sapeva che a metà della settimana sarebbero arrivati gentiluomini da Londra, ormai liberi dagli impegni della Stagione e diretti nelle proprietà di campagna. Una tappa a Bath era obbligata per tutti, era un appuntamento a cui pochi mancavano.

Rinomata per le acque termali, anziani gentiluomini e gentildonne l'avevano eletta per trascorrevi un periodo sereno tra la fine della Stagione e la pausa estiva nelle tenute di famiglia, lontano dall'aria umida e soffocante di Londra che lasciavano volentieri ai commercianti e agli artigiani.

Bath era il centro del mondo per la moda e gli incontri sociali, il posto migliore per una donna come Diana, ormai esclusa dai ricevimenti della Stagione per aver superato l'età delle debuttanti, per rimettersi sul mercato matrimoniale.

Non puntava sicuramente a un partito di primo letto. Nella sua mente si era già creata un piano molto simile a quello che aveva lasciato a *Willow House*. Avrebbe puntato a un vedovo con una buona posizione sociale, possibilmente un banchiere o un armatore. Non le interessava il proprietario di una grossa tenuta, voleva staccarsi dal mondo da cui proveniva, immettere una linfa nuova nel suo progetto di vita. Non avrebbe escluso neppure di spostarsi nelle Colonie, se fosse stato necessario. Aveva bisogno di cambiare completamente ambiente dopo tanto tempo passato nella noia della campagna del Kent.

Un'avventura. Le serviva assolutamente un'avventura.

Il maestro di sala introdusse lei e Lady Carnhale con un colpo di bastone sul pavimento.

«Lady Violet Carnhale e Miss Diana Archer!»

Diana sussultò sentendo declamare il proprio nome, mentre gli invitati più vicini si voltavano verso di loro e alcune donne si avvicinavano per salutare Lady Carnhale con sorrisi affettuosi e gridolini di approvazione per le loro acconciature così raffinate.

Diana venne presentata a una decina di nobildonne di diverso lignaggio, ognuna delle quali vantava almeno un Barone o un Visconte in famiglia.

Lady Carnhale fece passare a tutte implicitamente il messaggio che accompagnava Diana e quale fossero le intenzioni della ragazza.

Vide sorrisi maliziosi e occhi che ammiccavano, ma mantenne sempre un sorriso contegnoso ed educato. Il mercato matrimoniale partiva dalle madri con figli ormai maturi che ancora tardavano ad accasarsi. Erano loro quelle che sceglievano le nuore in base a rendita, eredità, buon nome della famiglia e stato di salute.

La voce sarebbe stata fatta passare, entro pochi giorni avrebbe ricevuto quelle stesse signore nel salotto dei Carnhale e avrebbe ascoltato le loro proposte.

Era sempre funzionato così, e così sarebbe sempre funzionato.

Lady Carnhale attirò la sua attenzione per presentarle una ragazza giovane che pareva avere l'aria spaesata. Una chioma rossa, il viso cosparso di lentiggini, una bellezza sobria e rigorosa, senza orpelli a enfatizzare l'incarnato molto particolare.

«Diana ti presento Mrs. Vianna Wright. È qui a Bath ospite della famiglia di suo marito. Non ha molte conoscenze in città, mi farebbe piacere se vi faceste compagnia a vicenda.»

Diana tese la mano alla donna, la quale la strinse con molto calore.

«Sarà un piacere per me, anch'io sono appena arrivata. Sarà un sollievo per Helena sapere che non dovrà tenermi compagnia solo lei.»

«Anche per mia suocera sarà un sollievo sapere che avrò una nuova conoscenza da frequentare!» sorrise Vianna. «Credo che ormai si sia stancata di scortarmi nelle mie passeggiate lungo l'Avon al mattino! Sono un'ospite veramente difficile da intrattenere.»

«Vi piace passeggiare? Anni fa restavo ore lungo il fiume a dipingere acquerelli, ma ora che Helena è ormai al tempo del parto non mi allontano troppo, e la mia dama di compagnia si annoia a osservare i cigni, non trova nulla di interessante nel sostare sull'argine.»

«Allora avete trovato una compagna di camminate» l'assicurò Vianna.

«Vostro marito è presente in sala, stasera?»

«Erik attualmente è imbarcato sulla *Defence*, è Tenente della *Royal Navy*, insieme a mio fratello Edward. Forse ne avrete sentito parlare, si tratta del Capitano Edward Murray, Barone Doncaster.»

Diana scosse il capo desolata.

«No, mi spiace. Non frequento uomini della marina militare...»

«Non al momento per lo meno» ci tenne a sottolineare Lady Carnhale.

Ma Diana le lanciò un'occhiata di ammonimento e la Lady nascose un sorriso di scuse dietro il ventaglio.

Non ci teneva a far riemergere nomi che la legassero allo scandalo di due anni prima, tanto più che Miss Wright poteva aver sentito parlare di Jack e della storia della sua famiglia disgraziata.

La Lady scosse il ventaglio con fare noncurante.

«Diana cara, non escludete la possibilità di incontrare uomini della marina o dell'esercito! Fra loro potreste trovare un ottimo partito. Mrs. Wright potrebbe presentarvi alcuni degli amici di suo marito, se si trovano in città, non credete?»

Vianna annuì con cortesia, ma aveva notato il disagio sul viso di Diana e non insistette sull'argomento.

«Mi farebbe piacere offrirvi un tè domani pomeriggio a casa Wright» le propose invece. «Così avremo modo di chiacchierare tranquillamente, senza tutta questa confusione intorno.»

Diana accennò a un breve sorriso di ringraziamento.

«Verrò molto volentieri.»

Il maestro di sala annunciò l'inizio delle danze e non vi fu altra possibilità di scambiare parole con la sua nuova conoscenza. Tutti i presenti si spostarono sui lati della sala per permettere ai ballerini di occupare lo spazio centrale e danzare la *polonaise*.

Diana non aveva ancora ricevuto inviti, quindi si affiancò al buffet e restò a guardare ammaliata le danze delle debuttanti con i loro giovani cavalieri. La sua chaperon, Lady Carnhale, trovò altre amiche da salutare e ogni tanto tentò di coinvolgerla nella conversazione, ma la ragazza si scoprì annoiata dagli argomenti futili delle signore, incentrati prevalentemente sulla situazione familiare dei loro parenti o su pettegolezzi di poco conto sulla vita dei reali.

Era ancora presto per fare piani, lo sapeva, ma nella sua testa scorreva un inesorabile conto alla rovescia. Aveva due mesi di libertà, dopo di ché se non avesse trovato nessuno di papabile da sposare sarebbe dovuta ritornare con la coda umilmente tra le gambe a *Willow House* e sposare Mr. Brown.

Capitolo 14

«La moglie di un ufficiale? Siete sicura di voler tornare in quell'ambiente?» Olimpia aprì il proprio ombrellino per ripararsi dal sole, sogguardando Diana con una certa ansia.

«Non mi è sembrato educato rifiutare l'invito di Mrs. Wright, tanto più che è una donna gentile e di buone maniere. Ho avuto l'impressione di trovare un'anima affine, anche lei si sente spaesata a Bath, come lo sono io dopo anni che non torno qui.»

Diana affiancò Olimpia lungo la Abbey Green allungando il passo.

Sollevò per un momento il viso verso l'albero che dominava la piazza, sorridendo a un gruppo di gabbiani che sorvolavano i tetti con i loro richiami striduli.

Bath l'aveva accolta con la gentile serenità dei luoghi a metà tra una cittadina di provincia e la campagna verdeggiante appena al di là della periferia. Attraversare i vicoli del centro storico le davano una sicurezza di stabilità e familiarità che non aveva trovato a Londra quando frequentava il collegio per signorine.

Sbucarono in Kingston Parade e si trovarono di fronte la fiancata di pietra grigia della cattedrale che svettava con le sue guglie verso il cielo pomeridiano, frastagliato di nuvole bianche.

Fiancheggiarono il muro di cinta delle terme romane per tenersi all'ombra poi attraversarono la piazza e imboccarono Abbey Churchyard.

I Wright abitavano in una delle casette a schiera che si sviluppavano lungo la stretta stradina che fiancheggiava l'abside, con le facciate rivolte a nord.

Aveva saputo da Lady Carnhale che i Wright non erano benestanti, ma avevano una lunga tradizione in marina ed erano molto rispettati in città. Il matrimonio con Vianna Murray aveva apportato quell'abbondanza economica necessaria a permettere loro una vita agiata, e senz'altro l'influenza del Barone Doncaster permetteva loro di frequentare l'alta società, pur restando una famiglia borghese e di umili origini.

Diana non si era certamente formalizzata ad accettare l'invito di Vianna.

Come lei, discendeva da una famiglia blasonata ma non avrebbe ereditato altro che la dote di sua madre, quindi poteva dirsi allo stesso livello sociale della sua nuova amica, oltretutto con le stesse aspettative di sposare un borghese, se non fosse riuscita a trovare di meglio durante la sua permanenza a Bath. *Willow House*, dopo la morte di Sir Archer, sarebbe passata insieme alla tenuta e al blasone a suo cugino William Archer, che avrebbe perpetuato la linea ereditaria.

Gli scrupoli di Olimpia alla fin fine erano solo un inutile tentativo di nascondere quello che già in città sapevano, e che sicuramente stava scorrendo sulla bocca di tutti: Miss Diana Archer era tornata per cercare marito dopo lo scandalo dell'annullamento del fidanzamento.

Prima se ne fossero fatti tutti una ragione e meglio sarebbe stato anche per loro.

L'importante al momento era ricominciare a frequentare la società, di cui un buon punto di partenza era proprio la famiglia Wright.

Vennero introdotte nel vestibolo con molta cortesia dalla governante, una donna giovane e distinta che le fece accomodare al piano superiore in un salottino dalle pareti rivestite di tessuto rosa antico e il pavimento di quercia.

Accanto al camino di marmo era stato sistemato un divano con accanto due poltroncine rivestite di chintz e un basso tavolino. Sul divano sedeva Vianna e di fronte a lei una donna bionda con l'aria di essere straniera.

La padrona di casa le invitò ad accomodarsi e Diana presentò loro Olimpia, la quale molto educatamente accettò la sedia che le portò la governante per tenersi leggermente discostata dalle signore.

Venne ordinato il tè con i rinfreschi per le ospiti, e Vianna introdusse loro l'altra sua ospite.

«Permettetemi di presentarvi mia cognata, Lady Doncaster. È in partenza per Londra ed è passata a salutarmi prima di lasciare la città.»

«Oh, chiamatemi solo Mina per favore!» propose gentilmente la signora con un forte accento italiano nella cadenza. «Non sono abituata a tutte queste formalità! Da noi a Firenze siamo più alla mano.»

Diana sorrise, la capiva molto bene. Era a Bath da una settimana e si era dovuta riabituare a usare le forme dei titoli di cortesia, cosa a cui in campagna non veniva dato eccessivo peso. Osservò con attenzione il viso della signora, perché aveva una straordinaria somiglianza con un'altra donna, ma se cercava di richiamarne alla memoria il viso non riusciva ad assegnarle un nome. La forma della mandibola, le fossette nelle gote e quegli straordinari occhi cerulei sorridenti erano come un'eco che cercava di prendere forma senza riuscirci.

«Siete originaria di Firenze?» le domandò stupita, mentre un sospetto iniziava a emergerle dentro il cuore.

«Di Certaldo, per la precisione! Ma nessuno sa dove si trova e ho preso l'abitudine di nominare la capitale del Ducato invece di un piccolo borgo nelle campagne» si schermì Mina, nascondendo un sorriso imbarazzato dietro al ventaglio.

«Il padre di Mina, il signor Ferretti, ha una tenuta con i vigneti e gli uliveti che confina con la proprietà di mio fratello» spiegò Vianna. «È così che lei e Edward si sono conosciuti. E non finirò mai di ringraziarla per essersi presa cura di lui lo scorso inverno quando si ammalò di scarlattina. Se non fosse stato per le sue cure ora sarei sola al mondo» tese una mano verso la cognata, la quale la strinse affettuosamente.

«Ferretti?» si lasciò sfuggire Olimpia facendo tremare il cucchiaino nella tazzina di porcellana cinese.

Diana le rivolse un'occhiata allarmata. Allora aveva sentito bene anche lei!

«Il vostro nome da nubile è Ferretti, ho capito giusto?» chiese all'italiana, cercando di controllare il fremito nelle dita. Strinse la propria tazzina, mentre il viso dell'altra donna si sovrapponeva a Mina in un pessimo gioco di predestinazione.

«Sì, Ferretti! Conoscete la mia famiglia? Perché non penso di avervi incontrato prima...» meditò Mina, cercando di ricordare.

«Io penso di conoscere una persona che potrebbe essere vostra parente» Diana fece il possibile per mantenere un tono distaccato e allo stesso tempo cortese, ma sentì il terreno che lentamente le stava franando sotto i piedi. Poteva fingere di nulla, non dare spiegazioni, ma se le due donne fossero state imparentate sarebbe saltato fuori il suo nome comunque. Tanto valeva scoprire le carte, finché i suoi rapporti con i Wright erano ancora superficiali. «Non siamo state presentate, ma l'ho vista di sfuggita una volta poco meno di una settimana fa. Si tratta di una gentildonna italiana di nome Doranna Ferretti...»

«Doranna? Ah, ma allora vi riferite a mia sorella!» annuì Mina con entusiasmo.

Diana sbiancò come un lenzuolo, mentre Olimpia balzava in piedi per la sorpresa.

«E dite di averla incontrata una settimana fa? Che io sappia è in viaggio per raggiungermi a Londra. Dalla sua ultima lettera che mi ha inviato da Dover, diceva di volersi prendere il tempo di visitare le cattedrali di Canterbury e Salisbury prima di arrivare alla capitale, sto aspettando sue notizie. Non sapevo fosse già arrivata nel

Somerset! E di grazia, dove l'avete incontrata?» chiese incuriosita Mina. Poi si volse verso Olimpia, vedendo come fosse improvvisamente agitata. «È successo qualcosa a Doranna? Devo preoccuparmi?»

Diana posò attentamente la tazza sul tavolino per evitare di rovesciarla sul tappeto, poi si schiarì la voce.

«Spero di non confondermi con un'altra persona, ma il nome è talmente particolare che difficilmente potrebbe trattarsi di omonimia. Una Miss Doranna Ferretti è stata ospite a casa della mia famiglia a *Willow House* nel Kent per tre giorni, insieme alla sua tutrice Miss Andini e al suo fidanzato, mio cugino Jack Anderson.»

«Cosa?!»

«Anderson?! Jack Anderson?!»

Mina e Vianna saltarono in piedi in un infrangersi di tazzine e posate, accavallando le voci alterate.

«State scherzando vero?» domandò con un tono tremulo Vianna, con lo sguardo di una donna che avesse appena visto un fantasma.

«Vi giuro che non sto affatto scherzando» assicurò Diana, spaventata dalla reazione delle due donne. «Suppongo che sappiate di chi sto parlando…»

«Un momento, calma!» Mina afferrò per le braccia Vianna, convincendola a tornare a sedersi. «Lasciamo parlare Diana, forse si è trattato di un equivoco… non avete sicuramente detto *fidanzato*?

Mia sorella non è promessa a nessuno, non so nulla di un fidanzamento.»

«Voi conoscete Anderson? E dite che è vostro cugino, quell'essere abominevole?!» l'aggredì invece Vianna, stringendo il ventaglio nelle mani con tale veemenza che lo spezzò in due.

«Io...» Diana si alzò dalla poltroncina, sconcertata. Il mondo le stava crollando addosso. Se sperava che lo scandalo fosse stato dimenticato, ora aveva la certezza che non era possibile. «Vi chiedo perdono, Mrs. Wright. Non era mia intenzione crearvi disagio nel nominare Sir Anderson. Tuttavia, non posso negare i fatti reali. Si tratta di un parente acquisito, la sua matrigna era cugina di mia madre» si volse in cerca di aiuto alla signora italiana, che sembrava più disposta ad ascoltarla.

«E di grazia» insistette Mina «a quale titolo il Capitano Anderson si è presentato a casa vostra ostentando un qualsiasi vincolo d'onore con mia sorella?! Noi non ne siamo state informate!»

«Non so nulla in merito, Milady! Anderson venne a prendere la sua sorellastra, Constance, per trasferirla a *Winter Hall*, la casa che lei ha ereditato da una nostra anziana parente insieme alla dote. Dopo la morte di Sir Anderson, che consideravo una sorta di zio, Constance venne a vivere con noi perché Jack non era in grado di farsene carico. Era ingaggiato nel Mediterraneo in operazioni di guerra» tornò a guardare Vianna, che tremava, la bocca stretta in una linea dura e lo sguardo che lanciava fiamme. «Mrs. Wright vi assicuro che Jack non venne coinvolto nello scandalo della morte dello zio. Qualunque cosa vi abbiano detto sul suo conto, potete credermi se vi dico che fu anche lui una vittima delle circostanze.»

«Non so di cosa stiate parlando, in fede mia» rispose Vianna con un tono di voce spezzato dallo sdegno. «Ho avuto modo di conoscere di persona il Capitano lo scorso inverno. È un essere spregevole! Ero stata affidata alla sua custodia sulla *Confidence*, e a causa della sua pessima gestione dell'equipaggio ho rischiato un'accusa di omicidio e la prigione. Non posso dimenticare che fece tutto ciò che gli fu possibile per convincere la Corte Marziale a incolparmi del tentato omicidio del Nostromo! Un essere abbietto, che approfittò della mia cameriera! Mi rammarico solo di non averlo ucciso davvero quando gli ho sparato per difendere Milly!»

«Oh mio Dio!» Diana crollò seduta sulla poltrona senza più forza nelle gambe.

Lo scorso inverno? Cosa era accaduto durante quei lunghi mesi in cui non aveva avuto notizie di Jack? Iniziava a farsi largo nella sua mente la comprensione per il suo atteggiamento scostante, per le parole dure che le aveva rivolto, per la totale indifferenza con cui l'aveva trattata.

Non era la stessa persona di cui si era innamorata, stavano parlando di un perfetto estraneo. Jack era una persona d'onore, non si sarebbe mai abbassato a così subdoli e disonesti sotterfugi. Oppure sì?

Non sapeva più niente. Il mondo si era capovolto e ogni certezza si era infranta in quel salotto.

Mina sussurrò alla cognata di calmarsi, la convinse a sedersi e a prendere lunghi respiri.

Diana si fece forza, raccolse la retina e il bonnet, e si apprestò a salutarle.

«Vi chiedo nuovamente perdono per avervi portato così tanto disagio. Non sono al corrente di ciò in cui Anderson è stato coinvolto negli ultimi mesi. Dopo l'annullamento del nostro fidanzamento, nel settembre del '26, ho perso ogni notizia sul suo conto, fino a una decina di giorni fa, quando ci è giunta la lettera in cui ci avvertiva che sarebbe stato in visita a *Willow House* per prendere con sé la sorella e presentarci la sua fidanzata» congiunse le mani in una breve supplica.

«Permettetemi di accomiatarmi, mi sento estremamente in imbarazzo.»

«Non siate sciocca, mia cara!» Mina le rivolse un'espressione di solidarietà femminile, e lo stesso fece con Olimpia, che era già con un piede sulla soglia del salotto. «Vi prego, sedete. Sedete tutte e due.» Suonò il campanello e fece portare altro tè *"nero e forte"*, e fu così convincente che Diana e l'istitutrice acconsentirono a tornare sedute, seppure restando appena appoggiate all'orlo della poltrona e della sedia a capo chino e occhi bassi, come due bambine che aspettavano la punizione per aver compiuto una grossa marachella.

«Vorrei che mi spiegaste bene questa storia, Diana. Dite che Anderson e mia sorella sono rimasti ospiti da voi solo tre giorni e poi sono ripartiti. Posso sapere dove erano diretti?»

La cameriera entrò in quel momento con un nuovo vassoio di tazze e la teiera, e si affrettò a versare il tè in un'atmosfera talmente spessa che poteva essere tagliata con un coltello.

Raccolse poi da terra i cocci delle tazzine infrante e asciugò il pavimento con uno straccio, poi si dileguò in silenzio.

Vianna sembrò riprendersi all'improvviso e annuì con il capo verso la cognata.

«Esatto! Dove erano diretti?»

Diana accettò con esitazione la tazza di tè che Olimpia le mise tra le mani e ne bevve un lungo sorso prima di trovare il coraggio di rispondere.

«*Winter Hall*, nei dintorni di Chelsfield. Dovevano prendere possesso della casa della zia e stabilirvisi. Non so dirvi quali fossero i programmi di Miss Ferretti.»

«Chelsfield! A poche ore in periferia di Londra» esultò Mina. «Darò immediatamente disposizioni per partire domani mattina.»

«Verrò con te, non permetterò che tu vada da sola ad affrontare quell'uomo!» dichiarò Vianna senza ammettere discussioni.

«Verrò anch'io con voi» si offrì Diana. «Conosco la strada per arrivare in fretta a *Winter Hall*, si trova in una zona isolata, potreste perdervi.»

«Ma...» iniziò a protestare Vianna, subito zittita dalla cognata.

«È un'ottima idea! Se saremo in tre, Anderson non oserà trattenere Doranna. Spero solo che non sia troppo tardi, o la reputazione di mia sorella sarà totalmente compromessa.»

«Non sono soli, ricordate? Constance e Miss Andini sono con loro. La tutrice non avrà permesso ad Anderson di comportarsi in maniera disdicevole. Almeno me lo auguro» Diana deglutì, ricordando molto bene a se stessa che Anderson non era uomo da tirarsi indietro se gli veniva offerto qualcosa. Qualsiasi cosa. Ed era anche molto convincente e seducente, e...

Le si asciugò la bocca al ricordo improvviso delle frasi sussurrate al buio della serra, le sue mani che risalivano le gambe sotto il tessuto, le labbra calde sulla pelle che la facevano fremere come la corda di un violino troppo tesa.

Colse un'occhiata sfuggevole di Vianna, un istante solo, ma intenso: le sembrò per un attimo che la donna condividesse il suo stesso pensiero.

Il suo stesso *peccaminoso* pensiero.

Si diede della stupida. Non era possibile. A meno che...

No, non era possibile.

Vianna Wright aveva espresso parole molto dure, e anche se non aveva capito esattamente le dinamiche di quello che aveva raccontato, non le sembrava una donna che si lasciasse sedurre facilmente.

Oltretutto era sposata a un ufficiale di marina.

Le sorse il dubbio che forse era accaduto qualcosa che lei non volesse far sapere, ma evitò di indagare.

Era riuscita in un qualche modo a recuperare la stima delle due signore, ora ne andava della sua reputazione.

Si alzò definitivamente, ma con un'espressione determinata.

«Vi prego di scusarmi se vi lascio così, con questo peso sul cuore. Devo dare disposizioni per avere una carrozza domani mattina e partire insieme a voi.»

«Non dite sciocchezze» l'apostrofò Mina. «Voi partirete insieme a noi, non ci servono due carrozze. C'è spazio per tutte e tre, tanto più che viaggeremo con un bagaglio leggero e la nostra pariglia è di un'ottima razza da tiro, la migliore sul mercato. Saremo a Chelsfield in un batter d'occhio. Io devo rientrare a Londra comunque perché attendo il ritorno di mio marito. A *Winter Hall* ci separeremo e ritornerete con una carrozza a nolo, se non troverete altro mezzo. Portate con voi Miss Green, vi farà da scorta al ritorno.»

«Siete molto generosa. Faremo così allora. Vado subito a preparare una borsa per il viaggio.»

Diana si accomiatò con il cuore pesante, ma fu felice quando le due donne la salutarono con calore, assicurandole di non avere nessuna responsabilità su quello che stava succedendo.

Purtroppo, la situazione in cui si trovavano era estremamente delicata. Nessuno dei loro mariti era disponibile per occuparsi di Doranna, quindi si sarebbero fatte carico loro in prima persona di riportare a casa la ragazza.

Sulla strada di ritorno verso la casa dei Carnhale, Diana e Olimpia camminarono in silenzio, speditamente, ognuna assorta nelle proprie tristi elucubrazioni.

Diana aveva ancora il pensiero di dover spiegare a Helena e Lady Carnhale tutto quello che era accaduto nel salotto di Mrs. Wright, mentre Olimpia stava cercando di ricordare il nome dell'armaiolo che aveva un negozio in periferia di Bath, dove poter recuperare un'arma per difendersi durante il viaggio.

Non che lei sapesse usarla. Ma non si poteva mai sapere, con i tempi che correvano.

Capitolo 15

La carrozza di Lady Doncaster si fermò davanti all'ingresso della casa dei Carnhale in *Royal Crescent* alle otto e trenta del mattino.

La cameriera avvertì Diana, che si affacciò dalla finestra della propria camera a secondo piano. Vide sporgersi dal finestrino Mrs. Wright, che osservava la magnificenza della struttura edilizia a forma di mezzaluna, sorta sulla cima della verdeggiante collina che sovrastava Bath, mentre il vetturino scendeva ad aprire lo sportello e sistemare la scaletta.

Senza farle attendere ulteriormente, prese la propria borsa, il bonnet e il parasole, e scese immediatamente le scale che portavano al pianterreno. Nell'ingresso la stava aspettando Helena per salutarla.

«Non avresti dovuto alzarti, cara!»

La sua ospite, avvolta in un largo scialle di Kashmir che copriva la veste da camera le tese le braccia per salutarla con un bacio, facendo attenzione all'enorme pancia.

«Fai attenzione, ti prego! E torna appena ti è possibile.»

«Risolverò questa incresciosa situazione e ritornerò immediatamente da te, non ti lascio da sola in questo frangente. Tre giorni, non di più» l'assicurò Diana, sapendo come la sua amica fosse ansiosa per il parto ormai imminente.

Si abbracciarono con lo stesso slancio di due sorelle, poi Diana fu richiamata da Olimpia che era già accanto alla carrozza ad aspettarla.

Il vetturino stava assicurando la valigia di Olimpia sul retro della carrozza e prese senza indugio anche la borsa di Diana, aiutandola poi a salire.

Salutò con deferenza le due signore che sedevano già all'interno. Mrs. Wright, in un abito da viaggio azzurro, e Lady Doncaster, vestita di mussola borgogna, avevano i visi tirati e preoccupati.

Anche Diana non aveva una bella cera. Sospettava che esattamente come lei, anche le due signore non avessero chiuso occhio tutta la notte, o per lo meno non avessero dormito più di qualche ora.

«Ci attende un lungo viaggio» esordì Lady Doncaster, con un sospiro.

«Ho dato disposizione al vetturino di fare tappa a Newbury per rinfrescarci e mangiare qualcosa.» La informò Vianna. «Non più di un'ora di sosta, mi spiace. Se non rallentiamo il viaggio e se non perdiamo una ruota, arriveremo a Chelsfield stasera.»

«Non datevi pena per me, Mrs. Wright!» la rassicurò Diana. «La priorità è certamente quella di arrivare a *Winter Hall*. Avrò modo di riposarmi stanotte. O almeno lo spero.»

«Pensate di fermarvi a casa di vostra cugina?»

«Constance è stata ospite a casa nostra per quasi due anni, non mi negherà sicuramente l'ospitalità e mi auguro che sia altrettanto coscienziosa da estenderla anche a voi e Lady Doncaster» rispose schiettamente Diana, con un piglio autoritario. Dopo tutto il disagio che Anderson aveva creato a quelle gentili signore, come minimo si aspettava che ospitasse tutte e tre senza fare storie, dopo aver dato giustificazione delle sue azioni, beninteso.

«Siete sicura che Anderson non ci caccerà via?» ribadì Vianna, piuttosto scettica a riguardo.

«Jack può dire e fare ciò che desidera, naturalmente, ma in quanto tutore legale di Constance non ha la potestà di decidere e disporre egoisticamente dei suoi beni, unicamente quella di amministrarli in sua vece finché non sarà maggiorenne. Mia cugina è libera di ospitare chi desidera a casa sua. Ci siamo lasciate in ottimi rapporti con la promessa che sarei andata a trovarla di ritorno da Bath, dopo il parto di Helena. Sto solo anticipando la mia visita.»

«In alternativa troveremo alloggio a Newbury, non ci faremo certo spaventare da un rifiuto» concluse Mina, senza troppi problemi.

Vianna annuì, e Diana notò una complicità da sorelle tra le due donne. Ne fu per un momento invidiosa. In una situazione complicata quella, in cui la fragilità della loro condizione le obbligava a prendere decisioni solitamente lasciate agli uomini della famiglia, emergeva la forza data dalla loro unione a fronteggiare il problema insieme.

Lei non poteva dire la stessa cosa di se stessa. Olimpia, seduta di fianco a lei, era un'ottima persona e un'insegnante preparata, ma non aveva la sensibilità emotiva per stringere legami affettivi con altre donne, e manteneva un atteggiamento di distacco verso le figure di grado sociale diverso dal suo, come volesse proteggere se stessa da qualsiasi turbamento sentimentale.

Se vi ragionava un attimo, non aveva altre amiche su cui poter contare. L'isolamento in cui era stata costretta a vivere a *Willow House* a causa dello scandalo l'aveva allontanata da qualunque rapporto affettivo che non fosse la sua famiglia. Helena era sì una cara amica, ma doveva ammettere con tristezza che non si era instaurato fra loro lo stesso intenso legame che percepiva tra le due donne sedute di fronte a lei, e di questo poteva incolpare solo se stessa e il proprio carattere ombroso e asociale.

Aveva avuto tutte le occasioni per mantenere le amicizie strette in collegio, ma al momento del debutto quattro anni prima era iniziata una competizione fomentata dalle loro madri per ottenere i migliori partiti sulla piazza londinese, competizione che l'aveva lentamente ma inesorabilmente allontanata dalle sue amiche, e lo stesso era stato per loro nei suoi confronti.

Alla fine della Stagione, lei aveva fatto una scelta d'amore che aveva creato non poco scompiglio. Mentre tutte le sue amiche si erano una dopo l'altra accasate a ricchi commercianti e allevatori, qualcuna addirittura con eredi di nobili casati, lei aveva ceduto alla seduzione di Anderson perché solo in lui aveva trovato uno spirito affine.

Jack non parlava di continuo di tosatura o razze equine, di stagioni aride o di taglio del fieno.

Nelle brevi licenze che lo Stato Maggiore gli concedeva passavano le giornate a parlare dell'Oriente, del viaggio di nozze che avrebbero trascorso sul mercantile degli Anderson diretto in India, dei luoghi misteriosi che avrebbero visitato, delle culture e della gente che avrebbero incontrato. Ogni istante era stato intenso, vissuto come se fosse stato l'ultimo, perché le licenze erano brevi e il tempo a loro disposizione era sempre troppo poco. Da ogni viaggio le portava spezie e profumi acquistati nel souk a Casablanca, i camei di conchiglie da Napoli, le ceramiche toscane da Livorno e i ventagli dipinti a mano da Venezia.

Ne aveva parlato solo una volta con Helena e la sua amica era arrossita d'imbarazzo per l'audacia di quei regali, sicuramente non adatti a una signorina non ancora sposata. Aveva rinunciato a condividere con lei il suo entusiasmo, serbando per sé ogni momento condiviso con Jack come un tesoro segreto.

In quel momento la tristezza cadde di nuovo come un velo da lutto sul suo viso, peggiorando l'espressione affaticata e i segni scuri sotto gli occhi neri. Volse lo sguardo fuori dal finestrino, dove la campagna inglese sfilava davanti a lei in alte siepi che toglievano la vista ai pascoli sulla strada che portava a Bradford-on-Avon.

Come previsto fu un viaggio lungo, scomodo, pieno di scossoni nonostante la carrozza dei Doncaster fosse moderna e ben equipaggiata. Le strade di campagna non erano ben tenute su quel percorso, spesso attraversavano proprietà abbandonate a loro stesse da nobili caduti in disgrazia. Solo dove i benefici erano abitati e i Pastori godevano dell'abbondanza dei loro patroni i percorsi erano ben tenuti, senza buche causate dal maltempo e con le siepi curate che non strabordavano con tralci spinosi verso la carreggiata.

Sulla Warren Road arrivarono poco prima del tramonto.

Diana osservava attentamente il panorama esterno finché vide il bivio, ben riconoscibile per *Winter Hall*.

Due querce segnavano il piccolo passaggio tra i pascoli e lo indicò al vetturino.

Le due signore, che erano rimaste in silenzio durante il percorso, si rianimarono improvvisamente, raddrizzandosi sul sedile.

Winter Hall apparve poco dopo, circondata dal parco di lecci. Era una casa di epoca elisabettiana, ben tenuta e mantenuta nello stato originale dell'epoca di costruzione.

Una rosa rampicante copriva parte della facciata principale tinteggiata di bianco, suddivisa dalle listature di legno scuro verticali e diagonali. Il corpo principale era a forma di ferro di cavallo, con i comignoli di mattoni che si alzavano verso il cielo e le finestre strette con i vetri all'inglese dalle quali si intravvedevano le luci delle candele accese.

Basse siepi di bosso circondavano la costruzione per proteggerla da animali selvatici.

Dai comignoli uscivano nuvole di fumo grigio, segno che le cucine erano già accese per la cena.

La carrozza si fermò inevitabilmente davanti al cancello di ferro battuto, chiuso.

Il vetturino si affrettò a scendere dal sedile e a suonare la campana per avvisare del loro arrivo, ma un servitore era già uscito da una porta laterale della tenuta e stava attraversando il cortile per raggiungerli.

Diana ne approfittò per scendere e dall'altra parte delle sbarre si presentò al servitore, il quale fu molto stupito di vederla ma non esitò ad aprire il lucchetto per permettere alla carrozza di entrare.

Mentre le signore scendevano dal mezzo, sospirando nelle loro articolazioni intorpidite dall'immobilità, sulla porta dell'ingresso principale illuminata dalle lanterne apparve Constance, trafelata e al tempo stesso sorpresa di vedere Diana in persona.

La ragazzina corse ad abbracciarla con un grido di gioia e la cugina ricambiò il gesto affettuoso, poi rivolse uno sguardo incuriosito verso Olimpia e le due signore che si palesarono alle sue spalle.

«Constance, cara, queste signore sono Lady Doncaster e Mrs. Wright. Siamo qui per vedere Doranna, immediatamente.»

«E Anderson» aggiunse Vianna, senza tanti convenevoli.

Constance le osservò interdetta, indicando loro l'ingresso.

«Vi prego, non rimanete fuori. Entrate, farò portare il tè e qualche rinfresco. Non siamo ancora pronti per la cena, ma credo che non sarà un problema per la cuoca per preparare anche per voi. Avviso subito Jack che siete arrivate.»

«Dov'è mia sorella?» incalzò Lady Doncaster superando Diana e ponendosi di fronte a Constance con aria autoritaria. «Esigo di vederla senza altri indugi.»

«Doranna non si trova qui, Milady...» mormorò Constance, intimorita. «Ma vi prego, entrate...»

«Che mi venga un colpo se non siete Vianna Murray!»

La voce tenorile che arrivò dall'ingresso anticipò l'apparizione di Jack Anderson in uniforme da Capitano.

Fu uno shock per le signore, che restarono pietrificate dall'incomparabile eleganza marziale che l'uomo indossava come se in quella tenuta ci fosse nato. Ammutolirono come quattro statue di marmo, e questo diede il tempo ad Anderson di squadrarle una per una dall'alto dei tre scalini dell'ingresso come se si fosse trovato sul ponte di comando della Confidence.

Diana si sentì tremare il cuore per l'agitazione, ma sentì anche un calore improvviso al ventre che si diffuse lungo tutto il corpo facendola diventare improvvisamente accaldata come se fosse stata sotto il sole di mezzogiorno.

Ogni volta la vista di Jack le faceva tremare il cuore e risvegliava quei sentimenti che aveva cercato di seppellire, senza riuscirci.

Anderson le dedicò solo un breve cenno del capo, prima di riportare l'attenzione a Mrs. Wright, alla quale lanciò un'occhiata maliziosa e un breve sorriso di soddisfazione.

«Chi lo avrebbe mai detto che ci saremmo rincontrati in territorio inglese? Cosa vi porta a *Winter Hall*, mia bella signora? Se non sbaglio ora siete la *signora* Wright. Sempre che Wright abbia finalmente tirato fuori il coraggio di chiedervi in moglie e fare di voi una donna onesta.»

Vianna salì i tre scalini e tirò uno schiaffone al Capitano in pieno volto.

«Come osate rivolgervi a me in questo modo, mascalzone, vigliacco!»

Anderson incassò lo schiaffo, poi afferrò il polso della donna prima che lei prendesse il lancio per colpirlo di nuovo.

Nonostante sul volto si stesse formando l'impronta della mano, non perse l'espressione divertita e agganciò gli occhi di Vianna in una sfida.

Lady Doncaster si gettò in mezzo a loro, subito imitata da Diana, e riuscirono a separarli prima che la situazione trascendesse in un'umiliazione per Vianna.

Mina trattenne la cognata che si contorceva e mostrava i pugni minacciando Anderson, mentre Diana afferrava l'uomo per un braccio portando l'attenzione su di sé.

«Jack! Per l'amor di Dio, che sta succedendo?! Queste donne sostengono che hai costretto Doranna a una relazione clandestina. Dimmi che è uno scherzo, che è un maledetto malinteso!»

Anderson socchiuse gli occhi osservando Diana come se fosse stata un'estranea.

«Non sono affari che ti riguardano, cugina.»

«Dov'è mia sorella?!» urlò Mina, faticando a trattenere Vianna nella morsa delle braccia, ma non era intenzionata a lasciarla andare finché non si fosse calmata. «Esigo che venga via immediatamente con me. Non passerà un altro giorno in questa casa senza la protezione della sua famiglia!»

Diana strinse il braccio di Anderson con uno sguardo supplice.

«Ti prego, Jack...»

Il Capitano scosse la testa con un breve sogghigno. Non poteva credere alle coincidenze del destino che di nuovo gli avevano portato di fronte Vianna Murray. Eppure tutto si era compiuto così, senza fatica, semplicemente facendo poche e semplici mosse.

La vendetta servita su un piatto d'argento.

Ebbe quasi compassione di Vianna Murray, o meglio Mrs. Wright, come era giusto chiamarla ora. Le vedeva brillare nella mano sinistra il cerchietto d'oro. Gli era arrivata la notizia delle nozze di Doncaster e di Wright dopo essere sbarcato a Dover e aver fatto rapporto alla capitaneria di porto del suo ritorno in patria. I due ufficiali erano arrivati alcuni giorni prima di lui, a bordo della *Defence*, insieme alle loro mogli per sbarcarle e ripartire subito dopo con un nuovo ingaggio.

Di tutto si era aspettato, tranne che incontrare di nuovo Vianna.

Lei poveretta non aveva colpe in tutta quella faccenda, se non per portare il nome dell'uomo che aveva condotto la sua famiglia alla rovina. Ed era arrivato il momento per mostrare le carte di quella difficile partita, così come gli aveva insegnato suo padre. Mostra le carte solo quando sai di avere la vittoria in pugno, quando sai che tutti i giocatori pensavano di avere ottime possibilità di vincere e hanno puntato tutto quello che hanno a disposizione, quando resta una sola mossa da fare: sbaragliare gli avversari e portarti a casa tutto, fino all'ultimo penny.

«Voi e io signore, abbiamo una bella chiacchierata da fare. Ho poco tempo perché mi è giunto ora un dispaccio in cui mi si ordina di riprendere il comando sulla *Confidence*, ma credo che gli ordini dell'Ammiraglio Codrington possano aspettare ancora un'ora. Quindi vi prego di calmarvi, di entrare e di sedervi, perché vi sono alcune cose che tutte voi dovete sapere e le dirò una volta sola. Miss Green accompagnate Constance nella sua stanza e restate con lei. Voi signore, prego, entrate» fece un passo di lato indicando loro l'ingresso del vestibolo con un tono che non ammetteva repliche.

Olimpia afferrò la ragazzina irrigidita come una bambola e al trascinò all'interno, facendosi indicare dalla cameriera dove fosse la sua stanza e svanirono insieme su per le scale.

Diana a testa alta precedette le due signore, entrò nel vestibolo e il maggiordomo le indicò di accomodarsi nella biblioteca, dove si affrettò ad accendere le candele.

Dietro di lei apparvero Mina e una recalcitrante Vianna che la supplicava di lasciarle il braccio con la quale la stava trascinando nella stanza.

In coda all'insolito gruppo arrivò Anderson che intimò al maggiordomo di uscire, chiudere la porta alle loro spalle e controllare il corridoio in modo che nessuno della servitù si accostasse ai battenti per ascoltare.

«Prego, signore, accomodatevi» chiese loro in tono perentorio il Capitano, mentre si avvicinava al mobile dei liquori e versava cordiale per tutti.

Tese un bicchiere a Diana senza domandarle se lo desiderasse, e lei lo accettò con una certa curiosità mista ad apprensione nelle iridi nere.

Anderson portò il liquore alle due signore sedute sul divano.

Mina lo rifiutò con un cenno della mano, ma un'occhiata ammonitrice di Anderson la convinse ad accettarlo senza fare storie.

Quando si rivolse a Vianna, gli occhi verdi della donna lo fulminarono ma lui non cedette di un passo. Sostenne la tempesta che vi leggeva dentro come se fosse stata una mareggiata di poco conto.

Vianna ricordò in quel momento che Anderson non era tipo da tirarsi indietro in uno scontro, così come aveva affrontato la flotta ottomana a Navarino.

Era fatto della stessa stoffa di suo marito e di suo fratello, uomini forgiati dal fuoco delle bordate nemiche, che avevano visto uomini fatti a pezzi davanti ai loro occhi, navi incendiate e marinai annegare trascinati dalle imbarcazioni colate a picco. Affrontavano a viso aperto e in prima fila i fucili di un plotone nemico per proteggere l'equipaggio. Non conoscevano la paura ed erano votati alla bandiera che sventolava sull'albero di maestra.

La donna bevve un sorso di cordiale, reggendolo con la mano tremante, e quando lo sentì scendere lungo la gola prese un profondo respiro per calmarsi.

«Molto bene, mie belle signore» Anderson appoggiò un gomito alla mensola del camino, sorseggiando il suo cordiale e osservando con un'occhiata panoramica il gruppetto in mussolina, bonnet e parasole che aveva di fronte. «Permettetemi innanzitutto di darvi il benvenuto a *Winter Hall* e di assicurarvi che sarete nostre ospiti, data l'ora tarda della vostra visita del tutto inaspettata. Potrete ripartire domani mattina quando sarà vostro comodo. Io non sarò più qui, quindi sarà compito di Constance fare gli onori di casa.»

Si aspettò che arrivassero delle proteste, ma nessuna delle tre proferì parola, quindi proseguì.

«Siete venute qui a cercare Doranna, poiché immagino che Diana vi abbia informata della mia intenzione di sposarla. Ed è esattamente questo che farò, dal momento che ella ha accettato con molto trasporto la mia proposta.»

Mina balzò in piedi per contestare, ma Vianna la obbligò a sedersi di nuovo, intimandole sottovoce di ascoltare prima cosa avesse da dire il Capitano.

Un sorrisetto soddisfatto aleggiò sulle labbra sensuali di Anderson, tanto che Diana si sentì attraversare da un brivido lungo la schiena.

Anderson riprese a spiegare con voce chiara e molto pacata.

«Doranna è partita ieri mattina per Londra, per raggiungere la casa di sua sorella, e mi domando quindi cosa ci facciate voi qui, se dite di essere lei» interpellò Mina, la quale sobbalzò arrossendo per l'imbarazzo. «Ha redatto di fronte a me la lettera che probabilmente ha già consegnato a un corriere partito alla volta dell'Italia per informare vostro padre di aver accettato la mia proposta di matrimonio, ed essendo maggiorenne è perfettamente in grado di decidere per sé. Il vostro timore che sia stata compromessa è del tutto inesistente. Doranna è sempre stata sotto la sorveglianza della sua tutrice Miss Andini, e in questa casa è presente anche mia sorella come avete potuto constatare da voi. Mi sono *assicurato* che vi fosse *anche* mia sorella e che Doranna fosse ospite *sua* e non *mia*. Quindi le vostre supposizioni sul fatto che io non sia un uomo d'onore, mia cara Vianna, potete anche ritirarle e porgermi le vostre scuse» lo sguardo di falco sorvolò su tutte e tre le donne per fermarsi su Mrs. Wright inchiodandola al divano.

Mina tirò un profondo respiro di sollievo, congiungendo le mani in una preghiera di ringraziamento al buon dio per aver protetto l'onore della sorella.

Vianna invece fremette di sdegno.

«Voi non siete *affatto* un uomo d'onore! Non vi porgerò mai le mie scuse!»

«Lo farete, invece. Dopo che vi avrò raccontato quello che non sapete su vostro padre e il suo coinvolgimento nello scandalo che portò mio padre a suicidarsi.»

Vianna sbiancò come un cencio e guardò prima una, poi l'altra, le sue amiche, ma non ebbe risposta dai loro visi. Solo Diana sembrò capire cosa stesse succedendo, poiché vide nei suoi occhi un improvviso lampo di consapevolezza.

«Nel settembre del '26 mentre ero ingaggiato sul *Comet* al largo delle coste spagnole ricevetti una lettera da mio cugino, Sir Archer, in cui vi avvisava della morte improvvisa di mio padre avvenuta una mattina, nelle scuderie. Una cameriera lo aveva trovato impiccato alla trave con una cavezza. L'ultimo gesto disperato di un uomo che aveva perso tutto, denaro, patrimonio, il suo mercantile con tutto il carico stivato nei magazzini del porto. Gli era rimasto solo un titolo di Baronetto e un palazzo di cui non poteva disfarsi perché era alienato alla concessione nobiliare. Una sicurezza per la sua famiglia, così mi scrisse Archer. Almeno a me e a Constance era rimasto un tetto sopra la testa, ma dovevo dimostrare di essere figlio di mio padre e nessuno sapeva dove fossero i documenti che mi avrebbero permesso di attestare la mia eredità e il diritto sul titolo di Baronetto.»

Diana ascoltò con le lacrime che le salivano agli occhi.

Ricordò molto bene i giorni concitati che seguirono la morte di Sir Anderson, la casa buia e abbandonata dalla servitù, dove era rimasta solo Constance con il maggiordomo, già con le valigie pronte per andarsene, e la governante che non aveva avuto cuore di lasciare sola la ragazzina finché qualcuno non fosse venuto a prenderla.

«Come potete immaginare» continuò con un tono fermo e distaccato il Capitano, come se stesse raccontando la trama di un romanzo di appendice, «non avevo la possibilità di rientrare a Londra nell'immediato. Il mio ingaggio aveva la durata di un anno. Ricevetti la lettera per un caso fortuito il giorno in cui il *Comet* si trovava ancorato al porto di Gibilterra e spedii immediatamente una risposta a casa, sperando di salvare per lo meno le persone che erano state convolte nello scandalo. Affidai Constance agli Archer poiché erano i parenti più prossimi che le erano rimasti in vita. La zia che le ha lasciato questa tenuta nemmeno l'aveva mai incontrata. E, naturalmente, annullai il fidanzamento con Diana per non trascinarla con me nell'abisso, insieme a tutta la sua famiglia.»

Le due donne volsero le facce stupite verso la ragazza, che se ne stava a capo chino, ormai, a tamponarsi gli occhi con un fazzoletto, le spalle scosse dai singhiozzi al ricordo di quello che era accaduto due anni prima.

«Quindi... voi dovevate sposarvi?» chiese meravigliata Vianna, iniziando a capire alcune cose che non le tornavano di Diana. Il fatto che una ragazza così bella non si fosse ancora maritata le sembrava molto strano, così come la confidenza che aveva con il Capitano. Era vero che erano cugini, ma sembrava esserci qualcosa di più tra loro di un semplice affetto familiare. Sembrava esserci una complicità che andava oltre.

«Sì, dovevamo sposarci al mio ritorno dal Mediterraneo. Annullare tutto mi sembrò la cosa migliore da fare al momento, e non mi sbagliai. A ottobre del '27 tutti gli ufficiali vennero ingaggiati nel Mediterraneo per contenere l'avanzata della flotta ottomana e egiziana, operazione che ebbe il suo culmine con la Battaglia di Navarino, e solo una settimana prima di Natale ebbi la possibilità di ritornare in patria.»

«La settimana prima di Natale...» mormorò Diana. «Quindi tornasti a Londra! Perché non venisti a *Willow House*?»

«Perché dovevo ritrovare i documenti di mio padre per ottenere la mia eredità. E perché dovevo parlare con una persona, uno degli amici di mio padre, per sapere cosa fosse realmente accaduto la notte prima del suicidio» le rispose Anderson, incrociando le braccia davanti a sé, in piedi davanti a loro a gambe leggermente divaricate, come se fosse stato ancora sulla sua nave a fronteggiare la flotta nemica.

Si volse verso Vianna e la scrutò con una tale profondità che la donna si sentì trapassare dagli occhi ambrati.

«Voi ricordate bene il nostro incontro, vero Vianna? Il giorno di Santo Stefano vi imbarcaste sulla Confidence.»

«Non potrò mai dimenticarlo» rispose in tono gelido Mrs. Wright. «Due notti prima avevo ricevuto la notizia che Edward era in fin di vita.»

«Io seppi la notizia in giorno dopo, il giorno di Natale. Da Farewell.»

«Lord Farewell? Il banchiere?» domandò Vianna, aggrottando la fronte. «Per quale motivo lo incontraste?» lentamente nella memoria della donna riemerse l'incontro con il banchiere sui gradini della banca, dove l'aveva raccolta piangente.

«Per denaro, per quale altro motivo si può incontrare un banchiere se non per il denaro? Esattamente per lo stesso motivo per cui lo incontraste voi. Sì, mi disse di avervi visto al mattino e mi informò delle condizioni disperate di Edward. Il mio carissimo amico Edward. Amico di collegio e di bevute, e compagno di navigazione sul Comet per due anni, fino a quando abbiamo ricevuto la promozione entrambi e ci furono assegnate la Defence e la Confidence. Ma voi forse questo non lo sapevate, che Edward ed io eravamo molto legati. Che le nostre famiglie lo erano.»

Vianna si alzò lentamente in piedi stringendo nelle mani il bicchiere di liquore come se fosse stato l'unico oggetto a tenerla ancorata al presente.

Le parole di Anderson le stavano mostrando un quadro di cui lei era totalmente all'oscuro.

«Come non sapevate che anche i nostri padri erano amici di vecchia data, che da giovani avevano servito nella *Royal Navy* sulla stessa nave, vostro padre come ufficiale e il mio come marinaio. Che nonostante la differenza di classe erano diventati amici e mio padre era così ammirato dal vostro che, una volta tornato a essere un semplice mercante di spezie, fece tutto il possibile per ottenere una concessione nobiliare. Per essere allo stesso livello di Doncaster. Per assicurare a me e mia sorella gli stessi privilegi della nobiltà inglese.»

Anderson si rese conto di avere ottenuto l'attenzione totale di tutte e tre le donne, ora.

«Ma questo, probabilmente, dava fastidio a coloro che nobili ci erano nati. Dava fastidio la sua fortuna nel commercio, la sua oculatezza negli affari, l'immenso patrimonio che aveva accumulato operando con prudenza là dove gli altri speculavano e sperperavano, l'improvvisa influenza che si era guadagnato a Corte. Fino a quella dannata notte di settembre in cui entrò al White's club, si sedette al tavolo del Faraone con Doncaster e i suoi amici lord e perse tutto. Non solo, ma venne incoraggiato a giocare impegnando delle cambiali che sapeva benissimo di non poter coprire, nonostante fossero consapevoli che era ubriaco e incapace di gestirsi. Mio padre non perdeva mai al gioco, era risaputo in tutti i club di Londra, oltre ad avere molta fortuna, giocava raramente perché contava le carte, aveva una mente eccezionale per i calcoli matematici e una memoria formidabile. Quella sera però voleva festeggiare il ritorno del mercantile con il miglior carico di tutto l'anno. Quei gentiluomini, così loro si definivano, non esitarono ad approfittare del suo stato alterato. E seppi da Farewell quello che tempo dopo sono riuscito a confermare grazie al mio giro di conoscenze: truccarono la partita per far perdere mio padre. Doncaster e i suoi amici, Vianna. Vostro *padre* e i suoi *amici*! Blacklowe, McCarthon, Lowenbrown e Deanstraigh.»

Vianna portò una mano alla bocca per nascondere un'esclamazione inorridita.

Ognuno dei nomi le rimbalzò nella memoria come colpi di fucile. Ricordava bene quei Lord, erano persone che avevano frequentato Palazzo Murray quando suo padre era ancora vivo, conosceva le loro mogli e anche alcune delle loro figlie. Sapeva della posizione preferenziale che Lowenbrown aveva vicino al Re, fin da quando era ancora Principe Reggente.

Mina affiancò la cognata, iniziando a comprendere alcuni discorsi che erano stati fatti da Edward nei confronti di Anderson, sempre rimasti in sospeso.

«Le vostre sono accuse pesanti, Capitano. Mio marito e il Tenente Wright mi dissero che avevate delle pretese sul titolo dei Doncaster, e che le vostre accuse di tentato omicidio nei confronti di Vianna non erano altro che un disperato tentativo di impedirle di soccorrere Edward, oltre che trascinare nel fango il buon nome dei Murray.»

«Nessuna pretesa, mia cara Lady Doncaster. In linea di successione il titolo di Barone Doncaster spetta a me il giorno in cui vostro marito morirà e se non avrete figli maschi in grado di ereditarlo. Davvero una strana coincidenza vero? Non lo sapevo nemmeno io finché Farewell non me lo disse il giorno di Natale. Tagliato fuori da ogni possibilità di ottenere ciò che mi spetta di diritto, a meno che non fossi in possesso del mio atto di nascita per dimostrare la discendenza comune tra i Murray e gli Anderson, oltre a dover dimostrare di poter ereditare il titolo di mio padre» tornò a rivolgersi a Vianna, che ormai era una statua di sale paralizzata in piedi sul tappeto della biblioteca. «Abbiamo una goccia dello stesso sangue che scorre nelle nostre vene, voi e io. Paradossalmente, non siete mai stata così al sicuro con me come quando eravate sulla mia nave, sotto la mia custodia, nonostante fossi già stato informato di come vostro padre fosse stato l'artefice della rovina della mia famiglia. Avevate l'occasione per ingraziarvi i miei favori, sarei stato disposto a seppellire tutto il rancore che porto verso la vostra famiglia, ma voi avete preferito Wright, quindi non venite a lamentarvi, perché vi posso assicurare che se impedirete il mio matrimonio con Doranna vi trascinerò tutti quanti davanti alla Corte Suprema, e vi posso assicurare mie care signore, che questa volta non basterà Miss Hatkins a salvarvi dallo scandalo, perché ho le dichiarazioni firmate da testimoni presenti quella sera al club.»

Nel silenzio che piombò come un macigno nella biblioteca, solo Diana ebbe il coraggio di commentare con una voce flebile e spezzata.

«Lord Doncaster morì nel gennaio del '27. Anche Edward e Vianna hanno subito una grave perdita. Non puoi mettere una pietra sopra il passato? Rivalerti sui figli del Barone non ti renderà indietro tuo padre e tutte le fortune che avete perduto.»

«No, infatti» ammise Anderson annuendo verso di lei. «Ma non permetterò a nessuno di loro di intromettersi di nuovo nella mia vita, e sicuramente lo spauracchio della vergogna sarà un'ottima motivazione che li terrà ben lontani da me e dalla mia famiglia per i giorni a venire. Tu sai molto bene come si vive all'ombra di uno scandalo. O meglio, come non si vive. È arrivato anche per loro il momento di assaporare il vino amaro che abbiamo bevuto tu ed io negli ultimi due anni.»

Mina prese Vianna per il gomito, sollecitandola gentilmente.

«Andiamo, lasciamo questa casa. Non voglio sentire altre parole su questa faccenda.»

Vianna si lasciò trascinare fuori dalla biblioteca, stordita da tutto ciò che aveva sentito, incapace di emettere una parola.

Anderson non le fermò, nonostante Diana lo pregasse di richiamarle.

«Lascia che vadano. Londra è a un paio d'ore di carrozza da qui. Avranno parecchie cose da raccontarsi durante le prossime giornate.»

Attese di sentire la porta dell'ingresso richiudersi e alcuni momenti dopo la carrozza dei Doncaster girò attorno all'aiuola centrale del cortile per imboccare il viale e lasciare la tenuta. Poi si avviò nel vestibolo per recuperare la redingote e il tricorno.

Diana lo seguì angosciata, stringendo ancora il fazzoletto fradicio nelle mani.

«Intendi partire già stanotte? Non puoi rimandare a domani mattina, ci sono troppe cose che non mi hai detto.»

«Come ti dissi una settimana fa, tu ed io non abbiamo più nulla da dirci, Diana» Anderson infilò la redingote militare allacciando i bottoni dorati e sulla soglia della porta infilò il tricorno con la coccarda da Capitano sulle chiome bionde.

«Ho assolto i miei doveri verso Constance, ora devo assolvere quelli verso il Regno. Sei nostra ospite finché lo desideri, naturalmente. La mia presenza è richiesta sulla mia nave e non posso farla attendere.»

«Cosa farai con Doranna?»

«La sposerò, naturalmente, perché questo è il suo desiderio. Mantengo sempre la mia parola» le rispose evasivamente scendendo gli scalini e dandole la schiena.

Lo stalliere aveva già preparato il suo cavallo e attendeva che venisse a prenderlo.

«Ma tu non sei innamorato di lei. È solo un mezzo per vendicarti dei Murray. Perché vuoi farle del male fino a questo punto?» insistette Diana rincorrendolo nel cortile, centrando nel segno le sue vere intenzioni.

«Cosa ne sai tu di chi sono innamorato?» l'apostrofò il Capitano, voltandosi verso di lei rabbiosamente. «Non sai nulla di me. Torna alle tue sale da tè, ai tuoi concerti, ai tuoi picnic della domenica. E dimenticami, una buona volta. Finché avrai a che fare con me, avrai solo fazzoletti da riempire di lacrime. Addio, Diana» salì in sella e spronò il sauro con un colpo di sprone, che partì al galoppo nel crepuscolo, lasciandosi alle spalle Diana, la tenuta e tutte parole di rabbia che aveva riversato sulle sue ospiti quella sera.

La vendetta era compiuta. Ora doveva solo raccogliere i frutti di ciò che aveva così oculatamente e pazientemente seminato.

Capitolo 16

Arthur Fitzgerald non era quel si poteva definire un brillante oratore. Aveva un fisico asciutto e capelli ben curati secondo la moda, non vestiva in modo stravagante come i suoi vecchi compagni di collegio ed evitava sale da gioco e postriboli. Aveva una sana propensione per le letture classiche, amava la filosofia e i testi religiosi molto più di un tavolo di Baccarat, e forse proprio per questo la sua cerchia di frequentazioni si era ridotta a pochi amici, molti dei quali ormai ammogliati e con figli.

Arrivato all'età di 28 anni, con un diploma di Eton e la prospettiva di ereditare il titolo di Visconte Lowenbrown, le sue immediate aspettative, o meglio quelle di sua madre Lady Sybilla, erano di accasarsi con una ragazza di buona famiglia, possibilmente in buona salute, di carattere mite e gioviale, portata alla convivialità, modesta e obbediente, e di poche pretese. Se l'aspetto fosse stato anche gradevole, non gli sarebbe dispiaciuto.

Tuttavia; il carattere schivo e taciturno di Arthur, e la scarsa abilità nel ballo, non gli avevano accattivato le simpatie delle esuberanti debuttanti incontrate ad *Almack's* durante la Stagione.

Lady Lowenbrown lo aveva incoraggiato verso un paio di esse, ragazze che corrispondevano al modello da lei auspicato come consorte per il figlio, ma le donzelle avevano preferito pretendenti più audaci e intraprendenti.

Arthur si era così trovato a giugno senza nulla di fatto e con la prospettiva di passare l'estate nella residenza di campagna nell'Hertfordshire a seguire gli allevamenti di ovini della tenuta come unico passatempo oltre alle letture della biblioteca di *Basford Grange*.

Era infatti nell'intento di preparare i propri bauli quando gli giunse un biglietto da Mrs. Wright. Lo prese dalle mani del maggiordomo con una certa titubanza, cercando di ricordare il viso della donna associata a quel nome, prima di aprirlo, con il dubbio che il destinatario della missiva fosse in realtà sua madre.

Fu a lei infatti che chiese se conoscesse la signora in questione, trovandola nel proprio salotto privato a scrivere alle sue amiche.

Lady Lowenbrown osservò con attenzione la firma sulla lettera e il sigillo sulla ceralacca, senza però riuscire a identificarne la provenienza, quindi sollecitò il figlio ad aprirla per scoprirne il contenuto.

Arthur non esitò oltre e aperta la lettera la lesse a voce alta alla madre.

"Fitzgerald, ricorderete come spero la sorella del vostro amico di collegio Edward Murray, Barone Doncaster. Sono a domandarvi di poter conferire con voi, quando i vostri impegni lo renderanno possibile, su un'importate questione che riguarda le nostre famiglie. Sono ospite di mia cognata Lady Doncaster a Palazzo Murray, attendiamo una vostra visita insieme alla signora vostra madre Lady Lowenbrown. Ossequi, Vianna Wright"

«Doncaster! Perbacco! Sono anni che non lo vedo, da quando è stato promosso Tenente. Ora se non sbaglio comanda un vascello.»

«La sorella di Doncaster? Che vorrà mai quella cara ragazza da te? Non mi risultava che vi frequentaste» meditò Lady Lowenbrown cercando di mettere insieme le poche informazioni che aveva sulla donna in questione. «Non sapevo si fosse sposata.»

«Dovremmo andare a farle visita, dice che si tratta di una questione importante» suggerì Arthur con un tono accorato.

«Non saprei dirti di cosa possa trattarsi. In ogni caso non vedo per quale motivo dovremmo rifiutare l'invito. Dice di essere ospite di sua cognata a casa propria, quindi suppongo che Edward si sia sposato pure lui. Non sono apparse le pubblicazioni sul Times.»

«Se non avete validi motivi per rifiutare l'invito, sarò lieto se mi accompagnaste, madre» la incoraggiò Arthur. «Non sono in confidenza con Mrs. Wright, ma ricordo di averla conosciuta a una cena conviviale a Palazzo Murray.»

«Verrò con te molto volentieri. Sono molto curiosa, devo ammetterlo. Sarà anche l'occasione per conoscere Lady Doncaster.»

Arthur apprezzò la buona disposizione d'animo di sua madre e scrisse velocemente una risposta da consegnare al valletto dei Doncaster che attendeva nelle cucine.

*

Mrs. Wright e Lady Doncaster erano arrivate a Palazzo Murray a sera tarda, stanche e ancora sconvolte dalla discussione avuta con Anderson.

Adombrate e chiuse in un silenzio coatto, si erano separate per raggiungere ognuna la propria camera, precedentemente allestite dalla servitù che era stata avvisata dal loro imminente arrivo già più di dieci giorni prima.

Vianna si era riappropriata della propria stanza che occupava da nubile, mentre a Mina era stata assegnata la camera che era appartenuta alla defunta Lady Doncaster.

Data l'ora tarda non avevano fatto svegliare Doranna, ma Mina aveva dato disposizioni perché fosse avvisata del loro arrivo la mattina seguente.

Le due donne decisero di comune accordo di vedersi dopo colazione, perché avevano bisogno entrambe di riprendersi da quella brutta giornata.

Vianna fu sollevata da quella decisione, e passò l'ora successiva a vergare diverse lettere. Se aveva pensato di aver chiuso la questione con Anderson, ora si rendeva conto che tutta quella storia aveva radici più profonde, coltivate nel rancore e nello spirito di rivalsa, che nel Capitano avevano lentamente e inesorabilmente avvelenato l'esistenza.

Subito dopo colazione, Doranna fu avvisata dalla cameriera e sollecitata a scendere nel salotto, perché la sorella e Mrs. Wright la volevano vedere immediatamente.

La ragazza non ebbe modo di felicitarsi dell'arrivo delle parenti: quando arrivò sulla soglia del salotto si trovò di fronte due donne serie, i volti stanchi di chi ha passato la notte insonne, per nulla amichevoli.

«Mina! Vianna!» le raggiunse per stringere le loro mani, iniziando seriamente a preoccuparsi. «Quando sono arrivata due giorni fa e non vi ho trovato mi sono costruita mille romanzi nella testa. Ma ora siete qui, che gioia rivedervi! Ho delle bellissime notizie da raccontarvi, non potrete credere alle vostre orecchie!»

Mina osservò la sorella minore con uno sguardo severo. Non l'aveva mai vista così raggiante, come una bambina che avesse appena ricevuto i regali di Natale.

«Doranna, siediti per favore. Abbiamo alcune cose da chiederti e vorremmo chiarire una situazione che ci sta mettendo in serio imbarazzo.»

Doranna rimase interdetta, poi sedette di fronte a loro.

«Cosa succede? Si tratta di nostro padre?»

«No, assolutamente. Era in buona salute quando lo abbiamo lasciato e ti porto i suoi affettuosi saluti» l'assicurò Mina. «Vorremmo parlarti del Capitano Anderson. Sostiene che avete un accordo di fidanzamento.»

Doranna congiunse le mani, sprizzando gioia dagli occhi.

«Avete incontrato Jack? E quando è accaduto, l'ho lasciato a *Winter Hall* pochi giorni fa! Oh, Mina! Non è un uomo meraviglioso? Non riesco ancora a credere che mi abbia proposto di sposarlo!»

«L'abbiamo visto ieri sera, proprio a *Winter Hall*» confermò Vianna, trattenendo un moto di disappunto. «Allora confermi che sei impegnata con lui formalmente?»

«Certo che lo confermo! Jack deve ottenere la licenza di matrimonio, dopo di ché fra tre settimane potremo sposarci. Non sto più in me dalla felicità! Diventerò la moglie di un Baronetto, Capitano della *Royal Navy*!»

«Questo sarà da vedere» obiettò Mina, raffreddando l'entusiasmo della sorella. «Non conosci affatto quell'individuo. Non è considerato persona gradita dalla nostra famiglia.»

Doranna la guardò interdetta per qualche minuto, a bocca aperta. Spostò l'attenzione prima a una poi all'altra delle due donne e notò finalmente quanto disapprovassero la sua decisione. Strinse le mani in grembo e alzò il mento in una espressione di sfida.

«Non comprendo il vostro atteggiamento. Che io sappia non vi è nulla a discredito di Anderson che possa impedire il nostro matrimonio. O forse voi siete al corrente di informazioni che io non conosco? Perché sappiate che ho già spedito a nostro padre l'avviso che sono impegnata formalmente con Jack e intendo mantenere il mio impegno.»

«Doranna, stai complicando una situazione piuttosto gravosa...»

Vianna interruppe Mina, che si stava accalorando.

«Vorrei che ascoltassi ciò che abbiamo saputo direttamente dal Capitano, ieri sera, a riguardo di alcune questioni familiari che coinvolgono i Murray e gli Anderson. Quando tutto ti sarà più chiaro, deciderai se mantenere la tua parola o chiedere ad Anderson di sciogliere il vostro accordo. Se fosse necessario, chiederò a mio fratello di elargirgli una somma a risarcimento del danno subito.»

Mina posò una mano sul braccio di Vianna, fissandola allibita.

Doranna si irrigidì, piegando la bella bocca verso il basso in una smorfia di disappunto. Tuttavia, vista l'apprensione sui visi delle due signore, accettò di ascoltare cosa aveva da dire Vianna nei confronti di Anderson.

Vianna prese un respiro profondo e iniziò a raccontare per sommi capi la storia di Sir Anderson, il padre di Jack, e di come avesse posto fine alla propria vita in un gesto disperato dopo aver perso il proprio patrimonio in una partita a Faraone, dove era presente che Lord Doncaster insieme ad alcuni amici. Le disse anche delle prove che Anderson avrebbe già raccolto, testimoni pronti a giurare che la partita fosse stata truccata, e di come i giocatori di quel tavolo sfortunato si fossero in seguito spartiti il patrimonio del Baronetto.

Ma non si fermò a questo. Raccontò a Doranna la propria avventura sulla *Confidence*, l'incidente in cui aveva sparato al Nostromo ed era stata accusata di tentato omicidio, e il processo in cui era stata giudicata innocente solo grazie all'intervento di Miss Hatkins, che aveva dei trascorsi con l'Ammiraglio Codrington tali per cui si era preferito non proseguire l'indagine sul suo conto.

Doranna tentò un paio di volte di opporre le proprie opinioni, facendo notare che Anderson non aveva avuto mano in quella questione.

A quel punto però Vianna dovette rivelare quello che sapevano solo Wright e Doncaster. Con molto imbarazzo, il viso arrossato e le parole che uscivano a fatica, raccontò alle ragazze il tentativo di seduzione da parte di Anderson e l'esplicita proposta di diventare la sua amante in cambio dell'arresto e della Corte Marziale. Tutto questo, per stessa ammissione di Anderson, aveva lo scopo di umiliare Vianna, impedirle di raggiungere Edward, screditare la loro famiglia e vendicarsi dei Murray.

Mina e Doranna ascoltarono allibite, incredule.

Seguì un attimo di silenzio, dopo il racconto di Vianna,
momento in cui le due sorelle meditarono su ciò che era emerso in quella confessione.

Doranna fu la prima a riprendere la parola, fece qualche passo nel salotto per schiarirsi le idee, poi assunse un'espressione determinata.

«Comprendo perfettamente i vostri sentimenti» esordì con tono serio, «tuttavia non intendo prendere alcuna decisione finché non avrò modo di parlare personalmente con Jack. Sono certa che ha avuto delle valide ragioni per comportarsi con te in questo modo, Vianna. Probabilmente, il tuo stesso comportamento sulla Confidence aveva dato a intendere che tu fossi altro che una persona di buoni costumi, viaggiando da sola senza la scorta di tua zia.»

Vianna divenne di fuoco, balzando in piedi dalla poltrona, e strinse i pugni per mantenersi calma.

«Come ti permetti di giudicarmi?!»

«Non lo sto facendo, mi sto mettendo nei panni di Jack per capire cosa lo abbia spinto a comportarsi in quel modo» le rispose candidamente Doranna. «Nei venti giorni di viaggio sul *Demelza* e i successivi giorni di viaggio via terra per arrivare a *Winter Hall* mai una volta mi ha mancato di rispetto. Abbiamo avuto forse una o due occasioni di trovarci per caso soli sul ponte del mercantile, ma il suo unico gesto romantico è stato quello di baciarmi le mani quando ho accettato la sua proposta di fidanzamento. E vi posso assicurare che ha scoraggiato ogni mio tentativo di strappargli anche un solo casto bacio. Cosa che almeno tra fidanzati penso sarebbe ammissibile!»

Vianna trattenne un gemito strozzato, mentre Mina era così frastornata che evitò di commentare le parole audaci della sorella.

A tutti gli effetti, il discorso di Doranna non faceva una piega. Visto dalla sua prospettiva, il Capitano era una persona irreprensibile, con un'ottima posizione sociale e senza pecche sullo stato di servizio.

L'unica ombra era l'atteggiamento tenuto nei confronti di Vianna, così come il reale motivo per cui desiderava sposare Doranna.

Mina le andò incontro e la prese per le spalle, cercando di farla ragionare.

«Ma non capisci che le sue intenzioni nei tuoi confronti non sono spinte da un sentimento romantico? Il suo unico desiderio è vendicarsi per i torti subiti. Nel suo piano sei solo una pedina sopra la scacchiera, ti divorerà. Vivrai una vita solitaria e infelice, e ti maledirai ogni giorno per non averci ascoltato!»

Doranna strinse le labbra in un gesto di ostinata fermezza. Stava per rispondere a sua sorella, quando sentirono bussare alla porta del salotto e Mr. Hope entrò all'invito di Vianna.

«Milady» si rivolse direttamente a Mina, essendo ormai lei la padrona di casa. «Sono giunti ora Lady Lowenbrown e Mr. Fitzgerald.»

«Lowenbrown?»

«Li ho invitati io» si affrettò a spiegare Vianna. «Voglio scoprire da loro cosa sanno sulla faccenda della partita a Faraone. Anderson ha detto che Lord Lowenbrown era presente. Era amico di mio padre, me lo ricordo bene, e suo figlio Arthur è amico di mio fratello. Se sanno qualcosa di questa storia, da loro sapremo una parte della verità.»

«Avresti dovuto avvisarmi» la rimproverò Mina, rivolgendosi poi a Hope. «Falli accomodare e fai portare il tè.»

«Subito, Vostra Grazia» Hope fece un breve inchino e raggiunse gli ospiti nell'ingresso, introducendoli poi nel salotto.

Capitolo 17

Non fu un vero e proprio risveglio quello che provò Diana la mattina dopo.

Aveva passato la notte alternando momenti di profondo abbattimento, in cui aveva riempito più di un fazzoletto di lacrime, ad altri di sonno leggero, senza mai scendere in un vero e proprio riposo.

Quando la cameriera era entrata in camera con il vassoio della colazione, Diana aveva finto di dormire, e la ragazza non aveva aperto le cortine del baldacchino. Si era limitata a scostare le tende dalle finestre che davano verso il mattino, poi era uscita in silenzio così come era entrata.

Ora fissava il soffitto di stoffa verde foresta con la mente confusa e affaticata dal pensiero di Jack, le sue ultime parole, tutto il discorso fatto sulla morte di suo padre, le accuse verso le due donne e la famiglia Murray.

La mente non le aveva dato tregua tutta la notte, rivedendo decine e decine di volte la scena come se stesse provando la parte di una commedia che aveva continuato a ripetersi all'infinito.

Aveva bisogno di aria, di camminare.

Si decise di alzarsi ed ebbe un moto di vaga sorpresa quando vide la propria borsa appoggiata sopra un baule.

Chissà perché era convinta che la carrozza dei Doncaster fosse ripartita portandosi via il suo bagaglio insieme a quello di Olimpia.

Il vetturino doveva averle scaricate mentre erano nella biblioteca a discutere con Anderson e la servitù l'aveva ritirata in attesa di consegnargliela.

Estrasse dalla borsa un abito scuro, adatto a viaggiare. Era l'unico cambio che si era portata poiché aveva programmato di ripartire prima possibile per tornare a Bath, ma non se la sentiva di rimettersi in viaggio quella mattina, dopo aver passato la notte a rivoltarsi nel letto.

Lo specchio le rimandò l'immagine di un volto pallido e tirato, segnato da profonde occhiaie rosse e occhi che avevano perso la loro vivacità.

Indossò l'abito sopra la camiciola senza troppo entusiasmo e acconciò i capelli in una crocchia severa dietro la nuca, senza nastri o fronzoli.

Consumò in fretta la colazione e, con il vestito usato sotto braccio e il bonnet nell'altra mano, scese in cerca di una cameriera.

Trovò la governante, una signora anziana ma molto cordiale, che ritirò volentieri il suo abito per farlo rinfrescare dalla cameriera e le indicò dove poteva trovare Constance.

La cugina era in un salotto arredato in modo molto femminile, con fiori freschi alle finestre, pizzi e merletti sui poggiatesta delle poltrone di broccato e cuscini colorati ricamati a mano con motivi di fiori di campo.

Doveva essere stato il salotto di Mrs. Winter, se ne sentiva ancora la presenza, come se la presenza dell'anziana signora aleggiasse ancora dentro la stanza.

Un arcolaio con la matassa di lana era rimasto nell'angolo accanto al camino. Nessuno lo aveva spostato, e pareva quasi che a nessuno importasse farlo.

Constance era seduta al telaio davanti alla finestra, concentrata in un lavoro di ricamo piuttosto impegnativo.

Sulle poltroncine accanto al camino spento era accomodata Miss Green, intenta a leggere il Times.

Quando la vide entrare si alzò e le andò in contro, preoccupata.

«Miss Archer...»

«Diana!» Constance scese dallo sgabello alto del telaio e le tese le mani. «Avete un aspetto orribile.»

«Ne sono consapevole» Diana baciò le guance della cugina con delicatezza. «Non ho dormito affatto, stanotte. Vorrei fare una passeggiata per schiarirmi le idee.»

«Pensate di ripartire oggi?» le domandò Olimpia con una certa apprensione.

«No, assolutamente. Ripartiamo domani.»

«Ma sei appena arrivata!» protestò Constance con voce lamentosa. «Ti prego, resta ancora qualche giorno! Jack non farà ritorno molto presto. È dovuto tornare subito a Londra perché ha ricevuto l'ordine di presentarsi a Whitehall domani mattina.»

Diana sospirò, accarezzandole il viso di porcellana.

«Vorrei tanto poter restare, cara, ma Helena è molto vicina al tempo del parto ed è sola con una madre anziana. Le ho promesso che le sarei stata vicino per assisterla. Ma ti prometto che quando sarà nato il bambino e mi sarò assicurata che Helena sia fuori pericolo, tornerò a trovarti e passerò un po' di tempo con te.»

Constance accettò la decisione della cugina senza insistere oltre. Le vide negli occhi una tristezza di cui non comprendeva l'origine. Era come se qualcosa si fosse spezzato dentro di lei. Aveva un tono di voce lento e rassegnato, così malinconico che la fece desistere da porle altre domande.

«Mi mancherete tantissimo. Ma almeno oggi passeremo la giornata insieme. Accompagnatemi a Chelsfield, Jack mi ha lasciato una piccola somma di denaro da spendere per me stessa e pensavo di andare a prendere un taglio di stoffa e alcuni nastri. Mi serve anche altra seta per il mio ricamo» le propose per rasserenarla un poco. «Saremo di ritorno prima del tramonto, lo prometto.»

«Mi sembra un'ottima idea, Miss Archer» l'appoggiò Olimpia.

Diana rimuginò qualche istante su quella proposta. Non aveva voglia di vedere persone, ma l'idea poteva in effetti svagarla un po', distoglierla da quel pensiero fisso almeno qualche ora.

«Va bene.»

Constance esultò tutta felice.

«Meraviglioso! Dirò a Mr. Stewart di far preparare il calesse! Verrete anche voi, Miss Green.»

L'istitutrice acconsentì volentieri. Era in ansia per la sua padrona e almeno avrebbe avuto modo di tenerla sotto controllo se non si fosse sentita bene.

*

«Lady Lowenbrown, Mr. Fitzgerald, prego accomodatevi» Vianna introdusse i due ospiti nel salotto dei Murray. «Permettetemi di presentarvi Lady Doncaster, la moglie di mio fratello, e Miss Doranna Ferretti, sua sorella.»

Le signore e il gentiluomo si profusero in inchini di circostanza, prima di accomodarsi sulle poltrone e sul divano. Vianna chiese a Hope di portare una limonata per tutti e alcuni dolci. Il pomeriggio era diventato piuttosto afoso, nonostante all'interno del palazzo si potesse ancora mantenere una temperatura accettabile.

«Avete avuto un singolare tempismo, mia cara Mrs. Wright» esclamò la Lady, «stavamo per partire per *Basford Grange*, ma abbiamo pensato che la gravità dal vostro messaggio avesse la priorità sui nostri piani.»

«Allora devo ringraziarvi per aver accolto la mia richiesta» annuì Vianna, poi si volse incuriosita a osservare Mr. Fitzgerald che sembrava essere diventato una statua di sale.

L'uomo fissava intensamente Doranna come se ne fosse stato folgorato.

Non ricordava bene Arthur, lo aveva incontrato una sola volta anni prima, quando Doncaster era ancora vivo e Palazzo Murray era frequentato dagli amici di Edward.

Era un tipo taciturno, poco avvezzo a relazionarsi con il gentil sesso, tanto che spesso i suoi amici lo avevano bonariamente deriso.

Che lei sapesse non si era ancora ammogliato, ma certamente non era insensibile alla bellezza di Doranna. Tanto più che non le levava gli occhi dal viso, iniziando a metterla leggermente in imbarazzo.

Decise di spezzare quello strano incantesimo affrontando immediatamente la questione.

«Vi potrà sembrare insolita la domanda che sto per farvi, ma ho la necessità di ricostruire un fatto accaduto anni fa, nel settembre del '26 per la precisione»

«E i Lowenbrown sono coinvolti in questo avvenimento?» domandò laconicamente Lady Lowenbrown aprendo il ventaglio per darsi sollievo un po' di sollievo.

Avevano degli ottimi motivi per lasciare la città, e se non erano ancora partiti era a causa di alcune questioni di produzione alla filanda che Lord Lowenbrown doveva concludere prima di trasferire la famiglia in campagna.

«Temo di sì, Milady. Una sera di quel settembre, mi è stato detto che mio padre si trovava da White's con alcuni amici, impegnato in una partita a Faraone. Da ciò che mi dissero, era presente anche vostro marito insieme ad alcuni amici: Blacklowe, McCarthon, Deanstraigh e Anderson. Me lo potete confermare?» Vianna andrò diritta all'argomento, trovando inutile perdere tempo in convenevoli.

La Lady venne presa un attimo in contropiede e si volse meravigliata verso il figlio, il quale, con lo stesso tono asciutto rispose per entrambi.

«Mio padre è solito frequentare White's. A volte l'ho accompagnato, ma non mi sono mai soffermato alla sala da gioco. Non saprei dirvi se e quando giocasse. Oltretutto non mi sembra un argomento adatto ad essere trattato in presenza di voi signore...» rispose con un certo imbarazzo.

«Vi prego, è molto importante che voi ricordiate» insistette Vianna. «È in ballo l'onore di una persona della nostra famiglia. Abbiamo bisogno di sapere con certezza se mio padre fosse presente a quella partita di Faraone. Sicuramente conoscerete i nomi che vi ho citato. Ricorderete senz'altro lo scandalo che colpì gli Anderson, i mercanti di sete orientali...»

«Perbacco! Ora che mi ci fate pensare, sì mi ricordo molto bene quel tragico evento!» Arthur si batté una manata sul ginocchio. «Anderson perse una cifra considerevole quella notte e anche parte del suo patrimonio. Ricordo che ne parlarono tutti i giornali» si volse verso la madre, che ancora lo scrutava con un certo disagio. «Voi madre eravate a Basford, per questo non ricordate, non eravate ancora rientrata a Londra. Ma io e mio padre eravamo in città. Lo avevo accompagnato al White's perché doveva concludere affari con Anderson, mi disse, un carico di stoffe arrivate dall'India che mio padre doveva ritirare per la filanda. So che restò tutto il pomeriggio ai magazzini del porto con Anderson, mentre io ne approfittai per passare dal mio sarto. La sera cenammo insieme da White's ma me ne andai molto presto. Credo invece che mio padre si fermò alla sala da gioco e...»

Lady Lowenbrown si alzò improvvisamente, come se fosse stata punta da un'ape, sventolandosi con un'aria contrariata.

«Vogliate scusarci se non ci fermiamo per il rinfresco. La strada per *Basford Grange* è lunga e vorremmo arrivare prima del tramonto.»

Arthur scattò in piedi, guardando la madre stupito.

Vianna e le due sorelle fissarono la donna sconcertate, ma Mina fu la prima a riprendersi e si alzò con molta calma, imitata subito dalle altre due in modo quasi automatico.

«Sono certa che comprenderete mia cognata. Abbiamo saputo solo in questi giorni che *probabilmente* Lord Doncaster, il mio povero suocero pace alla sua anima, fu presente a quella partita, e Vianna teme che possa in qualche modo essere associato allo scandalo in cui venne trascinata la famiglia di Sir Anderson. La stessa apprensione, *naturalmente,* è estesa a Lord Lowenbrown e agli altri gentiluomini che presero parte a quella partita sfortunata.»

«*Naturalmente*» annuì Lady Lowenbrown accondiscendente. «Ma non credo che mio marito si trovasse a quel tavolo. Sono certa che se avesse partecipato a quella partita ne sarei stata informata. Anderson era un *parvenu,* trovo strano persino che fosse ammesso da White's. Ma comprendo che dopo Waterloo le cose sono molto cambiate. Uomini del popolo sono assurti a eroi e sono stati alzati di livello sociale grazie alle concessioni di nobiltà, così come abbiamo perduto molti gentiluomini del ton caduti durante la battaglia.»

Vianna si trovò ipnotizzata dal movimento ritmico del ventaglio della Lady, finché non ebbe un improvviso déjà-vu. Sul ventaglio era dipinta una scena di corteggiamento romantico tra due figure in abiti orientali. Il decoro era decisamente una tecnica pittorica cinese, ne riconosceva la pennellata. La sua preparazione artistica sulle tecniche di pittura era molto buona, amava lei stessa dipingere, ma non era solo quello ad averla colpita.

Aveva già visto quel ventaglio.

O meglio, aveva visto un ventaglio molto simile a quello. Era nel cassetto della sua camera, al piano di sopra. Un ventaglio in avorio e seta, con una coppia romantica seduta sotto un tetto di canne di bamboo.

«Non vogliamo trattenervi oltre» fece un grazioso inchino alla Lady e al figlio, il quale annoiato dalla conversazione era tornato a fissare Doranna come un ebete.

La ragazza era rimasta in totale silenzio, senza un accenno a voler conoscere di più di quella storia, ma si era sentita deliziosamente in imbarazzo davanti allo sguardo ammirato di Fitzgerald, e aveva osato un breve sorriso tutto fossette aggiungendo un leggero rossore sulle guance, come era giusto che si addicesse a una pudica signorina della sua età.

Mina lanciò un'occhiata sospettosa a Vianna, ma la cognata le fece un cenno con il mento di lasciar andare gli ospiti.

I Lowenbrown lasciarono quindi Palazzo Murray con una certa premura.

Quando si furono accertate che non fossero più a portata d'orecchi, dopo che sentirono il calesse allontanarsi sul lastricato della via, Vianna fece segno alle due sorelle di seguirla su per le scale.

«Mi dici cosa sta succedendo?» la interpellò Doranna.

«Perché li hai lasciati andare via? Fitzgerald stava vuotando il sacco! Hai visto come la madre ha cambiato espressione quando ha iniziato a parlare dei magazzini del porto?» intervenne Mina, inseguendo Vianna che spalancava la porta della propria camera entrando come un tornado.

«Oh, non vuol dire nulla!» protestò Doranna, piantando i pugni sui fianchi, sulla soglia della camera da letto. «Questo non significa che Lowenbrown prese parte a quell'evento. Era in affari con Anderson, chi non lo era? Era un mercante. Non capisco dove vuoi arrivare con questa storia, Vianna!»

«A questo» la donna estrasse dal cassetto un ventaglio e lo aprì, mostrandolo alle due sorelle.

Doranna e Mina lo guardarono per qualche istante senza capire.

Doranna rimase confusa, con uno sguardo scettico, ma Mina alzò gli occhi in quelli di Vianna.

«È identico!»

«Lo hai notato anche tu?» le chiese conferma Vianna.

«Certo, non ho potuto farne a meno. Un disegno molto insolito, non era una banale illustrazione di stile francese o italiano.»

Vianna si sedette sul bordo del letto, tenendo aperto il ventaglio sulla gonna.

«Mio padre mi portò a casa questo ventaglio una mattina. Non era il mio compleanno, nemmeno una ricorrenza particolare. Gli chiesi il motivo di questo dono, mi disse che aveva fatto affari con un gentiluomo, la sera prima, e che questo ventaglio era stato un gentile omaggio da parte del mercante per le mogli dei suoi clienti. Non essendo più in vita mia madre, lo regalò a me.»

Mina si sedette accanto a lei, sfiorandole una mano.

«Non vuol dire nulla. Forse si tratta di una strana coincidenza che anche la Lowenbrown ne abbia uno simile.»

«Sì, la è senz'altro» insistette Doranna. «Non cambia nulla. Se anche Lowenbrown fosse stato in affari con Anderson, cosa vi sarebbe di diverso?»

«Mio padre non era in affari con lui, è questo che è diverso» spiegò Vianna con voce atona. «Mio padre era un ufficiale della *Royal Navy*. Non aveva una filanda, non aveva laboratori di tessitura, negozi di spezie, o altro. Che tipo di affari poteva aver mai avuto con Sir Anderson?»

Doranna e Mina guardarono la ragazza con una nuova consapevolezza.

Il ventaglio nelle mani di Vianna sembrò incastrarsi in un rompicapo oscuro, come uno dei pezzi mancanti per delineare finalmente la figura centrale.

Capitolo 18

Banqueting House
Whitehall, Londra
Consiglio dell'Ammiragliato della Royal Navy

La *Banqueting House* a Whitehall aveva un aspetto grandioso.

Unica struttura rimasta intatta dall'incendio del 1619, causato da alcuni operai che dopo la festa di fine anno decisero di bruciare la spazzatura all'interno dell'edificio, la ristrutturazione era stata affidata a Inigo Jones. Architetto alla moda, che aveva conquistato i favori dei sovrani, importò dall'Italia l'evoluzione artistica e architettonica di Andrea Palladio e la unì alle proprie idee rivoluzionarie: sostituire lo stile giacobino inglese con uno classico e purista, senza operare alcun tentativo per armonizzarlo con la struttura del complesso Tudor di cui il palazzo era parte integrante.

Si sviluppava su tre piani, di cui il primo, interrato, era adibito alle cantine, mentre il piano terra era un enorme salone luminoso a doppio cubo, in cui i due lati longitudinali dalle doppie finestrature erano scanditi da due ordini sovrapposti, ionico e dorico, interrotti da un ballatoio. Il soffitto, una splendida cassonatura di pannelli dipinti da Pieter Paul Rubens raffiguravano l'apoteosi di Giacomo I.

Il Capitano Edward Murray, Barone Doncaster, e il Tenente di Vascello Erik Wright, vi avevano messo piede solo una volta, durante la cerimonia di nomina di Robert Dundas, Visconte Melville, a Primo Lord Ammiraglio della *Royal Navy* nel 1812.

Era stato un evento eccezionale. L'allora Barone Doncaster, padre di Edward, aveva portato con sé il figlio quattordicenne e il suo compagno del collegio militare, entrambi con il grado di cadetto.

Agli occhi dei due ragazzi il palazzo era sembrato enorme e imponente.

L'effetto non era poi così cambiato. Non poterono fare a meno di sollevare i volti verso le cornici classiche e le pannellature del soffitto sentendosi rimpicciolire davanti a quella magnificenza.

Il salone era affollato di ufficiali esattamente come lo era stato in quell'occasione.

Melville aveva interpellato tutti gli uomini che avessero un comando e il loro quadrato ufficiali in servizio attivo. Ma guardandosi intorno Edward notò anche Capitani in congedo provvisorio a mezzo stipendio, in attesa di ritornare in servizio.

La *Defence* era arrivata in porto da appena un'ora ed erano stati raggiunti da un sottufficiale dell'ammiragliati che li invitava a presentarsi immediatamente a Whitehall.

Sarebbero dovuti giungere a Londra al mattino, ma avevano trovato condizioni di tempo avverso al

largo delle coste irlandesi che avevano rallentato la
navigazione.

Si erano infilati in fretta le uniformi di gala e si
erano precipitati a Whitehall.

Wright aveva spedito un mozzo a Palazzo
Murray per avvisare le signore del loro ritorno e
dell'appello imprevisto, assicurando che sarebbero
comunque arrivati per l'ora di cena al più tardi.

Si avvicinarono il più possibile al tavolo dello
Stato Maggiore, dove Melville stava conversando
con alcuni Ammiragli e Vice Ammiragli. Accanto
a loro videro anche il Commodoro Hearnshow che
confabulava con l'Ammiraglio Codrington.

Quando li notò, Hearnshow fece loro un cenno
di saluto con il capo, tornando subito ad ascoltare
Codrington.

Erano stati tutti convocati ma non si conosceva
l'esatto motivo della riunione generale.

Edward si accorse che Wright si guardava
attorno, come se stesse cercando qualcuno.

«Chi stai cercando?»

Erik socchiuse gli occhi per qualche istante,
affinando la vista, finché non emise un mormorio
di disappunto.

«Un conoscente comune. Laggiù in fondo,
dietro quel gruppetto sulla destra.»

Edward non ebbe bisogno di particolari
indicazioni. La chioma bionda di Anderson
spiccava tra le altre brune, illuminata da un raggio
di sole che filtrava dalle vetrate.

«Hanno convocato tutti, non avevo dubbi che sarebbe stato presente. Non è certo il tipo da disertare gli ordini del Primo Lord Ammiraglio.»

«Non so perché, ma per un momento ho pensato che se la fosse squagliata in qualche remota regione del sud America» replicò Erik a bassa voce.

«Il fatto che non si sia presentato al nostro *appuntamento* non lo rende un disertore.»

«No. Lo rende solo un vigliacco.»

Edward lo redarguì con un cenno della mano.

«Attenzione, non farti sentire. Per lo Stato Maggiore è ancora un eroe di guerra.»

«E tale resterà, finché non avrò l'occasione per regolare i conti con lui privatamente» concluse Wright.

La loro attenzione venne richiamata da Codrington che batté il martelletto sul tavolo per avere silenzio.

Melville si schiarì la voce e iniziò un lungo monologo sui meriti e gli onori conquistati dagli ufficiali durante l'ultimo anno di servizio.

Fu un discorso quasi tutto letto, in cui encomiava le azioni svolte da alcuni dei capitani in operazioni marittime coraggiose nel Pacifico e nel Mar della Cina, accennò brevemente alla spinosa questione di Navarino, e terminò con tono quasi gelido con la peggiore notizia che potessero ricevere i presenti.

«Signori, siamo arrivati a una svolta molto importante della nostra flotta marittima. Dopo la prima sperimentazione di motore a vapore

installato sulla *Fulton* i nostri cantieri navali sono
pronti per iniziare la produzione di navi a vapore.
Navi in acciaio, che andranno velocemente a
sostituire le nostre fregate a vela, per poter
competere con le flotte francesi e americane.
Questa operazione richiederà grossi sacrifici da
parte nostra. Gli equipaggi attuali saranno sciolti e
riassegnati ad altri incarichi. Alcuni ufficiali
saranno messi in congedo temporaneo, poiché al
momento non abbiamo conflitti che possano
richiedere l'impiego di tutte le forze attualmente
attive. Con l'aiuto dello Stato Maggiore abbiamo
redatto una lista delle navi che verranno dismesse,
alcune delle quali dopo il disarmo saranno vendute
ai privati come mezzi mercantili. La lista sarà
esposta infondo alla sala alla fine della
convocazione, insieme alla lista degli ufficiali
congedati. Sarà aggiunta inoltre una lista con i
nominativi di alcuni degli ufficiali a cui sarà
assegnato un incarico speciale dal Governo.
Costoro sono pregati di presentarsi domani agli
uffici dell'Ammiragliato per prendere in carico la
missione a loro assegnata.»
Nella sala si formò un mormorio dal fondo delle
file degli ufficiali, un brusio di sconcerto,
esclamazioni soffocate, l'incertezza che le parole
del Primo Lord Ammiraglio stava alimentando sul
futuro di tutti i presenti. Molti di loro campavano
sugli ingaggi e già stavano faticando a far bastare
il mezzo stipendio del congedo temporaneo. Un
congedo definitivo significava cercare un nuovo
lavoro, nell'esercito forse, o nella peggiore delle

ipotesi nella Marina Mercantile. Ma spostarsi da Whitehall a Canary Wharf sembrava quasi un'umiliazione, dopo aver servito per anni la Corona con una uniforme militare.

Codrington richiamò di nuovo l'ordine nella sala.

Melville terminò con le ultime raccomandazioni, lodando di nuovo l'operato della marina militare portato avanti durante il mandato di Clarence, che lo aveva sostituito per un anno, e ora riprendeva la carica per iniziare quello che lui aveva definito il "periodo della svolta". Alla fine dovette sciogliere l'assemblea perché era impossibile tenere in silenzio gli ufficiali.

I primi della fila si accalcarono al tavolo dello Stato Maggiore chiedendo spiegazioni accorate, altri si radunarono in gruppetti dove i toni presero a diventare vere e proprie discussioni.

Wright e Doncaster si spostarono a fatica, fendendo la folla, cercando di guadagnare l'uscita della sala, dove due sottufficiali stavano appendendo due liste sui pannelli di legno delle porte d'ingresso.

Dovettero aspettare un po' prima di riuscire ad avvicinarsi e si divisero. Wright si mise in coda alla lista delle navi, Doncaster a quella degli ufficiali.

Erik fu il primo a ottenere finalmente un po' di visuale sul manifesto e fece scorrere velocemente lo sguardo.

Né il suo nome, né quello di Edward apparivano nella lista dei congedati. Erano però sulla seconda lista, quella degli ufficiali assegnati a incarichi speciali.

Edward invece dovette attendere che alcuni vecchi ufficiali imparruccati si levassero finalmente dal portone prima di riuscire a vedere la lista delle navi che sarebbero state dismesse a breve.

I suoi sospetti presero forma nel momento esatto in cui i suoi occhi si posarono sul manifesto: la *Defence* sarebbe stata disarmata e appariva già il nome di un civile che aveva fatto un'offerta per acquistarla.

Anche un altro nome gli balzò all'occhio e nemmeno questa volta si stupì. Stavano disarmando le piccole fregate di quarto e quinto grado, insieme alle altre imbarcazioni sottratte ai francesi e riallestite per la flotta che aveva combattuto nella battaglia di Navarino.

La *Confidence* era fra queste. Ma accanto a essa non compariva il nome di nessun acquirente.

Anderson non si affrettò all'uscita. La massa di uomini che si era accalcata davanti ai manifesti gli creava la solita ansia da terraferma.

Aveva sempre avuto poca tolleranza verso la calca umana, per questo preferiva viaggiare in mare, dove gli spazi aperti tenevano sotto controllo la sensazione di clausura.

Per questo e per l'amore per il mare.

Nonostante la possibilità acquisita da suo padre attraverso la concessione di nobiltà di poter frequentare i club maschili e le sale da ballo, non aveva mai messo piede in nessuno di essi.

Le donne le aveva trovate altrove, nei postriboli dei porti o nelle case di tolleranza. La stessa cosa era stata per i tavoli da gioco. Non si era mai mischiato con la gente altolocata perché sentiva di non farne parte.

O forse era il modo in cui loro trattavano lui, a farlo sentire fuori contesto.

Tuttavia, dopo una mezz'ora di attesa si fece coraggio per raggiungere l'uscita. Molti degli ufficiali anziani già in congedo temporaneo se ne erano andati infuriati, dopo aver avuto la conferma del loro congedo definitivo. Altri più giovani si erano spostati fuori dall'ingresso e si erano radunati in capannelli per commentare le decisioni dello Stato Maggiore.

Avvicinandosi al portone vide di sfuggita Doncaster che raggiungeva Wright, vicino ad altri ufficiali che probabilmente facevano parte dell'equipaggio della *Defence*.

Sapeva del loro arrivo. Aveva visto entrare in porto la fregata e aveva notato che tutto l'equipaggio sbarcava con i propri sacchi, segno che era stato congedato.

Fu lieto che non lo avessero notato, non aveva intenzione di intavolare discussioni con loro in quel momento, ma era certo che prima o poi lo sarebbero andati a cercare. Doranna doveva essere già giunta in città e aver dato la notizia del loro fidanzamento da un paio di giorni. Si era stupito, anzi, che nessuno si fosse ancora presentato alla locanda di posta dove alloggiava quando tornava a Londra.

Sul manifesto delle navi, come temeva, lesse il nome della *Confidence*.

Era una nave di quinto rango, con 36 carronate efficienti e ben tenute. Veloce e agile. Una nave da rappresaglia e da bottino, che in altri periodi avrebbe fatto gola a un equipaggio di corsari.

Un piccolo gioiello al quale era affezionato. Ne conosceva ogni difetto, ogni scricchiolio delle paratie, come si conoscono i capricci di una bella donna dopo anni di frequentazione. E ne conosceva il potenziale in mare aperto. Era sfuggita a ben più di una corvetta francese, la conoscevano tutti per capacità di sparire nella nebbia in silenzio e riapparire alle spalle degli avversari come un predatore spietato. Una nave che, nelle mani di un mercante, sarebbe stato un maledetto spreco.

Osservò lo spazio nella colonna destinata agli acquirenti che avevano già proposto un'offerta e un moto d'inquietudine gli fece adombrare lo sguardo.

Si spostò verso l'altro manifesto e si stupì di trovare il proprio nome nella lista degli incarichi speciali.

Era già in congedo temporaneo a mezza paga da quando era sbarcato a Gibilterra a febbraio, si era aspettato un congedo definitivo. Invece, a quanto pareva, le operazioni svolte nel Mediterraneo gli erano valse qualcosa. Fece scorrere la lista e vide anche i nomi di Doncaster e Wright.

Si domandò di cosa si trattasse, ma finché non fosse andato agli uffici amministrativi per accettare l'incarico non lo avrebbe mai scoperto.

Non pensò nemmeno all'ipotesi di andarci subito. Tutti coloro che comparivano nella lista, circa una trentina di nomi, si erano già probabilmente messi in fila davanti alle porte dell'Ammiragliato. Fila che con buona probabilità sarebbe rimasta tale fino a notte fonda.

Avrebbe aspettato il mattino dopo, con tutta calma.

Nel frattempo, doveva occuparsi di due questioni di cui non poteva assolutamente ritardare la priorità.

*

«Sono arrivati!»

Doranna fece irruzione nel salotto dove Mina e Vianna stavano ricamando e leggendo, facendo sussultare entrambe per lo spavento.

Le due donne la seguirono nell'ingresso nello stesso momento in cui Doncaster e Wright mettevano piede oltre la soglia della porta e vi fù un momento di concitata emozione. Le mogli abbracciarono i mariti in una profusione di baci e parole affettuose, poi anche Doranna venne accolta nelle braccia dei due uomini, e vi fu un breve di momento di commozione da parte di tutti dopo la separazione durata così tanto tempo.

Hope diede disposizione al servitore di prendere i bagagli degli ufficiali e di portarli direttamente alla lavanderia nel sotterraneo, e subito dopo di approntare le camere dei signori.

Il crepuscolo era sceso sull'afosa giornata londinese e le signore dovettero accondiscendere ai rispettivi mariti di potersi togliere le pesanti uniformi di gala e rinfrescarsi prima di sedersi per la cena, promettendo che avrebbero raccontato loro tutto quello che era accaduto a Whitehall in quello strano pomeriggio.

Prima di salire nella camera che era stata un tempo di suo padre, Edward prese da parte Hope con un'espressione seria sul volto.

«Date ordine alla servitù di preparare i bagagli per tutti, ci trasferiamo a Doncaster Manor. Mandate avanti la governante con uno sguattero per riaprire la casa.»

«Molto bene, Milord. Attendevo le vostre disposizioni per la partenza. Intendete portare con voi tutto il personale?»

«Sì, sarà più comodo per tutti, non avrò il tempo per cercare altro personale già formato, non sarà necessaria più di una cameriera oltre a voi e Mrs. Bates. Wright ed io non resteremo al Manor a lungo, dovremo assumere un incarico speciale per l'Ammiragliato, non so quando partiremo, ma potrebbe essere molto presto.»

«Sì, Milord.» Hope fece un breve inchino e si dileguò nei locali della servitù.

Mina raggiunse Edward e gli prese affettuosamente un braccio. Il marito la strinse a sé baciandola sulle labbra.

«Ho sentito cosa dicevi a Hope. Un incarico speciale?»

«Non sappiamo ancora di cosa si tratta, sono cambiate un po' di cose oggi pomeriggio. Ma non devi darti pena, domani sapremo da Codrington dove saremo assegnati e in quali termini.»

«Questo significa una nuova partenza. Dovrò abituarmi a non averti mai per troppo tempo vicino a me.»

«È la vita dei marinai, amore mio.»

«Mi dovrai però dedicare un momento dopo cena, devo parlarti di una questione molto complicata che riguarda Doranna.»

«Sarò a tua disposizione appena mi sarò liberato di questa insopportabile uniforme, è stata una dura prova il caldo di oggi pomeriggio. Non ricordavo come fosse insopportabile l'umidità di Londra.»

«Ma certo.» Mina lo lasciò salire a cambiarsi per la cena, e mentre lo vedeva sparire oltre la balconata scambiò un'occhiata di apprensione con Vianna.

Non sarebbe stata una cena tranquilla, ma sapevano che non potevano rimandare l'argomento di Doranna, la quale molto placidamente si era rifugiata nella biblioteca in attesa che la chiamassero per la cena.

*

Nonostante Mina avesse passato le due ore successive a elaborare un discorso nella propria testa per spiegare al marito e al cognato come Doranna fosse riuscita a cacciarsi un guaio senza precedenti, fu la ragazza stessa ad affrontare l'argomento quando i due uomini si presentarono nella sala da pranzo per sedersi a tavola con le signore.

Non attese che si accomodassero, rimase in piedi accanto alla sua sedia davanti agli sguardi sorpresi di Edward e Erik, costringendo Mr. Hope a restare sulla porta con la zuppiera in mano.

E quando annunciò il suo fidanzamento con l'entusiasmo e il trasporto che solo una ragazzina poteva esprimere con sussiego e moderata gioia, l'espressione che passò sul volto dei due uomini e le successive imprecazioni fecero tremare i muri di Palazzo Murray.

Hope ricordava solo un unico evento che riuscì a scuotere la casa come in quella occasione, e fu la notizia della fuga di Napoleone dall'Elba nel febbraio del '15.

Quella sera vide la furia del fu Barone Doncaster in tutta la sua devastante veemenza.

In questa occasione, il figlio non fu da meno.

Per sicurezza, riportò la zuppiera con la minestra nelle cucine, mentre sentiva arrivare dalla sala da pranzo le voci concitate dei commensali e l'improvviso pianto disperato di Doranna.

Fece in modo che nessuno della servitù si avvicinasse alle porte della sala, che chiuse accuratamente, e rimase in attesa fuori da esse.

Dentro la stanza due uomini infuriati, due donne angosciate e una ragazza in lacrime rappresentavano le figure di un'insolita sciarada.

Doranna però manifestò una volontà di ferro, e non ammise nessuna modifica ai suoi piani matrimoniali, e fu in quella pessima atmosfera, appesantita dalle parole dure che erano state espresse da Wright nei confronti della pessima scelta della ragazza, ma soprattutto dalla decisione irrevocabile di Edward di rintracciare Anderson per fargli sciogliere l'accordo di fidanzamento, che suonò la campanella dell'ingresso, sorprendendo Hope che non si aspettava visite all'ora di cena.

Così come del resto non le aspettavano i Murray.

Aprì il portone con un certo disappunto e rimase sorpreso di vedere Arthur Fitzgerald, con il cilindro tra le mani e un'espressione indecifrabile, che attendeva di essere ricevuto nonostante l'ora tarda.

«Mr. Fitzgerald, cosa posso fare per voi?»

«Mr. Hope, vogliate gentilmente avvertire Lady Doncaster della mia visita e chiederle cortesemente se può ricevermi nonostante non abbia mandato un preavviso. Si tratta di una questione… ehm… personale…»

«Attendete qui, vado ad avvisare Milady» Hope lo lasciò sulla porta, beneficiandolo di un'occhiata severa.

Bussò discretamente alla porta della sala, dove le voci avevano calato di tono e gli fu permesso di entrare.

Ciò che vide lo rattristò, nonostante non fosse uomo da commuoversi.

Vianna teneva abbracciata a sé Doranna, che sospirava e singhiozzava, mentre Wright e Doncaster si erano messi accanto alla finestra a discutere insieme a Mina, la quale riassumeva in poche parole il loro incontro con Anderson a *Winter Hall*, assicurando i due uomini che poteva ancora essere tutto risolto pacificamente, ma che il Capitano non intendeva in nessun modo rinunciare a Doranna e le aveva minacciate di trascinare tutti i Murray in un penoso scandalo.

Edward non ricordava nulla dell'evento di cui Anderson voleva soddisfazione, poiché anche lui si trovava ingaggiato nel Mediterraneo. Sicuramente doveva essersi trattato di un enorme equivoco, perché non poteva credere che suo padre fosse stato coinvolto nella rovina di Sir Anderson. Ma Mina lo avvertì che Jack aveva dichiarato di avere le prove e i testimoni, e questo creava ancora più agitazione e confusione.

Sicuramente, il mattino dopo sarebbe andato a cercarlo per risolvere la questione, cosa che si rammaricò di non aver fatto nel pomeriggio dato che aveva avuto l'occasione di vederlo a Whitehall, se solo fosse stato informato prima di tutta la faccenda.

L'arrivo di Hope li distolse un attimo dall'argomento, e il maggiordomo avvisò Mina che sulla porta di casa attendeva Mr. Fitzgerald con il desiderio di conferire con lei.

«Arthur Fitzgerald? Ma non è partito con la madre oggi pomeriggio?»

«A quanto sembra, direi di no, Milady.»

«Fatelo accomodare in salotto. Arrivo subito. Mi chiedo cosa sia potuto succedere... a meno che non abbia ricordato qualcosa di quella dannata partita a Faraone...»

Hope la precedette per introdurre l'ospite in salotto, mentre Mina spiegava brevemente al marito e al cognato quello che era emerso, quasi involontariamente, durante la visita di Lady Lowenbrown e Mr. Fitzgerald nel pomeriggio, e del comportamento elusivo tenuto dalla signora che aveva impedito al figlio di raccontare altri dettagli compromettenti sul conto del marito.

Edward indicò alla moglie di spostarsi in salotto, incuriosito da quell'inaspettata visita serale.

Ricordava bene Arthur, un tipo solitario, studioso di filosofie antiche, poco propenso a partecipare ai divertimenti della loro compagnia.

Erik li accompagnò, ma chiese a Vianna di restare con Doranna nella sala da pranzo, per non esporre la ragazza, affranta dalla discussione, agli occhi di un estraneo.

Arthur Fitzgerald, dritto in piedi con un'aria solenne, si stampò un sorriso di circostanza sul volto magro quando vide entrare nel salotto i Doncaster e Wright. La sua poca empatia per gli stati d'animo umani non gli fece notare l'agitazione sui volti dei padroni di casa, e si profuse con un largo inchino, mano sul cuore.

«Lady Doncaster, Lord Doncaster, devo scusarmi per l'orario improprio di questa mia visita. Spero di non essere quantomeno inopportuno, ma avevo necessità di conferire con voi. Sono felice del vostro ritorno, Doncaster. È passato molto tempo dal nostro ultimo incontro.»

«Ne è passato parecchio infatti, ma ci chiamavamo per nome, lasciate a parte i titoli di cortesia. Permettetemi di presentarvi mio cognato, il Tenente Wright.»

«Sono onorato di fare la vostra conoscenza» Arthur si profuse in un altro inchino. «Ho avuto il piacere di conoscere vostra moglie, Mrs. Wright, oggi pomeriggio.»

Erik rispose con un cenno cortese del capo, e l'uomo tornò a rivolgersi a Mina, riprendendo il suo sguardo solenne.

«Troverete alquanto insolito il discorso che sto per farvi, Milady. Dopo essere stato vostro ospite oggi pomeriggio avevo intenzione di accompagnare mia madre a Basford, nella nostra tenuta di campagna. Ma il mio animo è stato sconvolto, e la mia mente ha continuato a tormentarsi fino al punto di chiedere consiglio a mia madre su come comportarmi, e con il suo benestare sono ritornato a Londra per presentarmi a voi, con un'umile supplica. Avete difronte un uomo che è rimasto affascinato, no, non è il termine adatto, direi quasi travolto dalla grazia gentile e ineffabile di Miss Doranna. Non sono bravo a esporre i miei sentimenti, ma sono qui unicamente per domandarvi il permesso di poter frequentare la signorina vostra sorella, in quanto il mio desiderio è di chiederla in moglie, nei tempi e nei modi dovuti alle circostanze. Come ben saprete sono l'erede del titolo di Barone Lowenbrown, di cui potrò beneficiare nel momento in cui il mio amato padre verrà accolto nella grazia di Dio, e attualmente dispongo di una rendita di venticinquemila sterline, che mi permettono di poter avanzare le mie richieste e di poter offrire alla signorina un tenore di vita agiato e adeguato alla sua condizione sociale.»

Capitolo 19

La Filanda di Lowenbrown era un edificio di mattoni rossi costruito a metà del 1700 dal primo Barone grazie ai proventi ottenuti dalle produzioni di lana di Basford. Gli allevamenti di ovini avevano permesso alla famiglia di investire nella lavorazione dei tessuti grazie a un esclusivo accordo con il Ministero della Difesa, attraverso il quale aveva ottenuto la produzione delle stoffe per le uniformi della Marina e dell'Esercito.

La Filanda era partita come un piccolo magazzino di cardatura e filatura della lana, che via via si era sempre più ingrandito, fino ad assimilare altri fabbricati e a diventare un vero e proprio stabilimento tessile con una cinquantina di operai e operaie. Da poco tempo aveva aperto anche un settore di sartoria, dove le grandi commesse governative venivano tagliate e cucite direttamente dai sarti di Lowenbrown, escludendo in questo modo un intermediario al di fuori dello stabilimento.

Il salto di qualità era avvenuto con l'introduzione delle macchine a vapore.

Il primo impianto, costruito vicino a un canale, sfruttava la forza motrice dell'acqua per mantenere il fuoco diretto nelle vasche di trattura, che erano riscaldate con il fuoco a legna.

Poi, circa due anni prima, vi era stata l'innovazione dei reparti grazie al vapore, che aveva permesso un maggior controllo della temperatura dell'acqua migliorando anche la qualità della produzione

Lavorare alla Filanda Lowenbrown era diventato il sogno di molti abitanti della periferia, la possibilità di avere finalmente un posto stabile e uno stipendo fisso che avrebbe permesso ai figli di studiare a scuola e di costruirsi un futuro migliore.

Lowenbrown, naturalmente, non produceva solo uniformi militari. Un intero reparto era dedicato alla filatura e tessitura della seta, produzione che aveva introdotto dopo il primo impianto per la lana, e che manteneva grazie ai commercianti che importavano i bozzoli dei bachi dal Mediterraneo e dall'Oriente.

Sir Anderson era stato uno di quei commercianti. Per anni gli accordi con Lowenbrown avevano favorito entrambe le famiglie, e Jack ricordava bene le due o tre occasioni in cui il Lord aveva fatto visita a suo padre per definire le clausole di investimento su alcuni viaggi che Sir Anderson programmava per ricercare le migliori produzioni bacologiche e trarre maggior profitto da ogni spedizione.

Lo ricordava mentre saliva le scale che portavano all'ufficio amministrativo della Filanda, dove gli avevano indicato che avrebbe trovato Lowenbrown.

Non si stupiva di trovarlo direttamente nello stabilimento. Al contrario di altri nobili, il Barone aveva il pallino per gli affari e amava controllare di persona i registri contabili, le attrezzature e lo stato di salute degli operai.

Quando si presentò nell'anticamera, ormai a fine giornata, il contabile lo fece attendere qualche momento e bussò alla porta dell'ufficio del Barone. Lo avvisò di una visita e il nobile invitò Jack a entrare.

Lowenbrown era un uomo basso e tarchiato, tendente alla pinguedine. Claudicava a causa di un problema di gotta al piede destro, che stava curando da alcuni mesi senza ottenere buoni risultati.

Gli erano rimasti pochi capelli, una sorta di tonsura che aveva però lasciato crescere e teneva legata in uno stretto codino dietro la nuca, reminiscenze di una gioventù marinara nella *Royal Navy*, che aveva abbandonato dopo il primo anno a causa del mal di mare che gli impediva di assolvere i suoi doveri di sottufficiale.

Fece segno a Anderson di entrare, stupito di vederlo nel suo ufficio in alta uniforme, con il tricorno sottobraccio.

«Che Dio mi fulmini se non siete Jack Anderson in persona, l'eroe di Navarino!» esclamò andandogli incontro con la mano tesa. «Quale buon vento vi porta qui stasera? Sedete, sedete! Prendete un goccio di Madera? Ne ho fatto arrivare una partita proprio la scorsa settimana, un'annata che vale assolutamente la pena assaggiare!»

Jack accettò volentieri il bicchiere che gli offriva Lowenbrown. Notò con un certo distacco che l'uomo era precocemente invecchiato da quando lo aveva visto l'ultima volta, forse quattro anni prima.

«Sono arrivato in città ieri sera. Avrete senz'altro saputo che l'Ammiragliato sta procedendo al disarmo di alcune delle fregate di quinto e sesto rango, e sta riassegnando gli equipaggi.»

Lowenbrown gli indicò di sedersi su una poltrona di legno davanti alla sua scrivania e si accomodò difronte a lui.

«Purtroppo sì, mio caro ragazzo! Ho saputo da Codrington delle operazioni di Whitehall. Immagino che anche voi sarete stato riassegnato?»

Anderson bevve un sorso, apprezzando il vino portoghese, poi fece una smorfia di sarcasmo.

«Non prendetevi gioco di me, Lowenbrown. Sapete molto bene che ho perso il comando della *Confidence*. Ho visto il vostro nome di fianco a quello della fregata, sul manifesto che hanno appeso stamattina alla Banqueting Hall. Quanto avete offerto per la mia nave?»

Il Barone si fece una risata, con la pancia enorme che sobbalzava sotto il panciotto di seta rossa.

«Non è la *vostra* nave, Anderson! È una nave della *Royal Navy*. Una cifra accettabile, per quanto possa valere un'imbarcazione datata e che dovrà essere di nuovo allestita!» lo informò, senza però parlare di cifre. «Dovrò fare un piccolo investimento per le vele e le gomene, oltre al prezzo pagato per il legno, ma conto di recuperarlo con il primo viaggio. Dovrò trovare anche un equipaggio affidabile che non si rivenda il carico, e questo probabilmente sarà uno dei problemi più difficili da risolvere. Affidare le spedizioni a degli intermediari mi sta iniziando a costare cifre molto alte, cifre che ridotte alla metà mi permetterebbero di apportare migliorie negli stabilimenti, acquistare un nuovo motore a vapore per esempio. Volete visitare il nuovo padiglione? La macchina che mi hanno consegnato il mese scorso è spettacolare, un gioiello della meccanica!»

«In un altro momento forse, ora ho un affare da proporvi e credo che potremmo trovare un accordo soddisfacente da entrambe le parti» gli rispose Jack, estraendo una lettera piegata e sigillata dalla tasca interna della redingote. La tenne tra indice e medio della mano sinistra, mostrandola a Lowenbrown, ma senza tendergliela.

«Che tipo di affare? Volete entrare nel commercio tessile?» gli chiese il Barone, incuriosito

«No, niente affatto. In questa lettera Lord Farewell e Sir Deanstraigh hanno firmato la confessione di essere stati in accordi con voi la notte del 3 settembre 1826 per truccare la partita di Faraone a cui partecipò mio padre e venne spogliato di tutti i suoi beni. È un peccato non aver potuto raccogliere anche le testimonianze di Doncaster, McCarthon e Blacklowe, che purtroppo sono deceduti. Ma sono sufficienti queste due firme per trascinarvi di fronte alla Corte Suprema, almeno così mi ha assicurato il mio avvocato.»

Lowenbrown sbiancò come un cadavere, la mascella gli ricadde ai lati della bocca come fosse stato un bulldog, e mollò il bicchiere dalla mano, riversando il Madera sul panciotto e le braghe.

«Voi... come... chi...!» iniziò a balbettare, incapace di emettere un discorso compiuto. Sul volto gli tornò di colpo il sangue, tingendolo di rosso acceso, e una vena gli pulsò sul collo. Si infilò un dito dentro il colletto, sentendosi stringere la gola e mancare il respiro.

«Non ha importanza come io abbia ottenuto questa informazione. O forse ne ha. Ringrazio Dio di avere ancora qualche amico, o forse sono solo persone interessate a curare i miei affari e quelli della mia famiglia» Anderson rispose la lettera nella tasca, sottraendola a Lowenbrown che aveva cercato di afferrarla. «No, questa la tengo io. Avendone una sola copia capirete che non mi fido a lasciarvela leggere.»

Il Barone strinse i braccioli della poltrona, irrigiditi dalla collera, ansimando come un mantice.

«Chi mi dice che non sia un falso?»

«Non lo è, e dovrete fidarvi della mia parola di ufficiale della *Royal Navy*» si sporse per prendere la bottiglia di Madera e si versò altro vino nel bicchiere. «Dunque, in base al contenuto di questa confessione, sto per proporvi un compromesso che farà comodo a entrambi.»

«Un compromesso? Che tipo di compromesso?! Un ricatto, caso mai?! Volete del denaro in cambio della mia confessione? Siete un farabutto, farò chiamare le guardie e...»

«Non sarà necessario. Come vi ho detto, e il vostro atteggiamento lo ha confermato, sono qui per proporvi un affare che vi eviterà di comparire davanti al Giudice per giustificare le vostre azioni, e io mi riterrò soddisfatto in tutto e per tutto. Vi assicuro inoltre che se acconsentirete a questo accordo, sparirò dalla vostra vita e non sentirete più parlare di me» lo rassicurò Jack fissandolo direttamente negli occhi.

Lowenbrown si rese conto che non stava affatto scherzando. L'uomo che aveva di fronte avrebbe potuto davvero trascinarlo davanti al Giudice. Forse non sarebbe riuscito a farlo condannare, ma certamente il buon nome del suo blasone sarebbe stato macchiato da uno scandalo e i suoi affari ne avrebbero senz'altro risentito.

Proprio in quel momento, in cui aveva investito diverso denaro nelle macchine a vapore, non poteva permettersi un danno economico di quella portata.

«Sentiamo. Cos'avete da proporre?» grugnì, cercando di calmare il battito del cuore, ma continuava a mancargli il respiro e dovette allentare il nodo della cravatta.

«Mi cederete la *Confidence*. Le stive dovranno essere equipaggiate di viveri per un viaggio di un mese. Mi farete avere i documenti di cessione con il cambio di proprietà entro domani. Inoltre, mi consegnerete ora la cifra corrispondente al valore dei diamanti che avete vinto alla partita a Faraone con mio padre. La cifra esatta, non un penny di meno.»

Lowenbrown gemette, ansimando ancora più faticosamente, ma Anderson non gli diede il tempo di protestare. Prese un foglio e una penna, vergò velocemente alcune parole, poi lo volse verso il Barone, posando la penna di fianco.

«Firmate.»

Con le mani che gli tremavano con l'agitazione, il Barone prese il foglio e lesse le condizioni che gli aveva posto Anderson, parola per parola, così come gliele aveva appena esposte, aggiungendo con suo grande disappunto i nomi delle persone che avevano partecipato alla partita. Nomi che se fossero usciti durante il processo avrebbero causato uno scandalo di proporzioni epiche.

Esitò per un momento, brancolando in cerca d'aria per trovare una soluzione alternativa, ma ormai non poteva più fare nulla. Con quella confessione di McCarthon in mano ad Anderson non aveva alternative.

Ricordò immediatamente gli eventi di quella notte al White's e trovò, non seppe dove, la forza di rispondere al Capitano.

«Furono quattro i diamanti che vinsi quella notte. Gli altri li vinse McCarthon… quei maledetti diamanti…» vergò la propria firma, gli occhi resi vacui dalla pressione sanguigna che premeva alle tempie.

«…Sporchi di sangue. Sì» concluse per lui Anderson. Afferrò la lettera, la piegò e la mise in tasca.

Lowenbrown prese un registro da un cassetto della scrivania ed estrasse una cambiale. Scrisse una cifra in sterline, la firmò e la consegnò al Capitano.

«Potrete ritirarla già domani mattina alla Banca di Farewell» grufolò, faticando a specificare le parole.

«I documenti della nave dovranno essere pronti entro le dieci di domani mattina. Verrò a ritirarli prima di recarmi all'Ammiragliato, quindi non fatemi aspettare» si alzò, calcandosi in testa il tricorno. «Buona serata, Lowenbrown. Portate i miei omaggi alla vostra signora e salutatemi Arthur, è molto tempo che non ci vediamo.»

Il Barone crollò appoggiato alla poltrona con un grugnito, senza riuscire a proferire parola.

Anderson lasciò l'ufficio della Filanda con il sole che ormai era totalmente tramontato dietro i tetti di Londra. Lo stabilimento era chiuso e le luci spente, gli operai erano già tornati alle loro abitazioni e i lampionai stavano accendendo le lanterne lungo le vie.

Toccò per sicurezza la tasca interna della redingote, non voleva perdere per nessun motivo quella lettera di Lowenbrown. Faceva il paio con la lettera di Deanstraigh, in cui il Baronetto gli cedeva una proprietà nella Martinica Francese, parte della dote di sua moglie, una nobile parigina sfuggita al Regime del Terrore che era riuscita a tornare in possesso dei propri beni dopo la morte di Napoleone.

L'altra lettera, quella che aveva mostrato al Barone, non era affatto una confessione. Era la licenza speciale di matrimonio che aveva richiesto al Pastore di Saint Mary-le-Strand, dove aveva mostrato il proprio atto di battesimo, per sposare Doranna.

La sua futura moglie sarebbe stata felice di scoprire che sarebbero diventati coltivatori di tabacco in una delle isole più belle del Golfo dei Caraibi.

*

Doranna, chiusa nel silenzio della propria camera, finalmente sola e libera di poter piangere senza essere commiserata dai parenti fissava la propria immagine nello specchio della toeletta.

Lo stomaco le ricordò che aveva saltato la cena, rifiutandosi di restare a tavola dopo la violenta discussione a proposito del suo fidanzamento.

Non avrebbe mai potuto immaginare di far esplodere un simile caos, portando se stessa a entrare in conflitto con le persone che più amava. Aveva il cuore appesantito dall'angoscia, soprattutto dopo aver subito il biasimo da Edward e Erik, che ammirava profondamente per il loro coraggio e la loro rettitudine. Scoprire che Anderson non era annoverato tra le persone di cui avevano stima a causa di un gravoso incidente avvenuto sulla Confidence in cui era stata coinvolta Vianna, l'aveva affranta.

Lei non sapeva nulla, era stata tenuta all'oscuro di tutta quella questione. Il nome di Anderson non era emerso mai una volta durante il periodo di permanenza dei Wright a Certaldo. Del resto, lei stessa aveva partecipato al matrimonio di Mina ed Edward dopo essere rincasata dal collegio a Firenze, e aver ottenuto il permesso di poter viaggiare nel Mediterraneo per visitare le città d'arte alla volta dell'Inghilterra, dove avrebbe raggiunto in seguito la sorella e la cognata.

Conoscere Anderson le aveva cambiato totalmente l'esistenza. Era incapace ora di immagina alla propria vita senza avere lui a fianco, il solo pensiero le toglieva l'aria dal respiro.

Tuttavia, Edward era intenzionato a incontrare Anderson e a fargli ritirare la sua proposta di matrimonio con le buone o le cattive, e lei non aveva alleati in quella faccenda.

Come se ciò non fosse bastato, Mina l'aveva informata che Arthur Fitzgerald si era ripresentato quella stessa sera con la richiesta di poterla frequentare per ottenere la sua mano.

La notizia l'aveva sconcertata. Quell'uomo aveva avuto un pessimo tempismo presentandosi in un momento di alta tensione, ma era stata data la dovuta importanza alla sua richiesta perché motivazioni che aveva esposto non erano assolutamente da sottovalutare.

Con molta calma, Vianna le aveva spiegato chi fosse e da dove derivassero le fortune di Fitzgerald. Se paragonato alle poche disponibilità di Anderson, Arthur era da considerare come il miglior partito che avrebbe dovuto prendere in considerazione.

Avrebbe dovuto, ma non aveva nessuna intenzione di farlo. Non poteva comandare al proprio cuore di cancellare i sentimenti per Jack e sostituirli con la cieca obbedienza ai desideri della sua famiglia. Era lei alla fine a doversi sposare!

Esisteva un solo modo per porre fine alla questione, doveva essere lei stessa a riprendere le redini della propria vita e mettere tutti davanti al fatto compiuto.

Prese un foglio dallo scrittoio e scrisse velocemente un messaggio per Mina. Lo lasciò sul letto, in bella vista, poi cercò nel baule una delle sue borse da viaggio, la riempì con alcune cose essenziali e un paio di cambi d'abito, e infilò lo spencer sopra l'abito di mussola rosa.

Aprì piano la porta della camera per assicurarsi che nessuno fosse nel corridoio, ma sapeva che a quell'ora la servitù si era già ritirata. Scivolò fuori dalla camera con molta attenzione e scese nell'ingresso deserto e silenzioso.

Non le fu difficile aprire la porta, Hope lasciava sempre una copia delle chiavi nel vestibolo, qualora fosse stato necessario alla servitù dover aprire in fretta per emergenze notturne.

L'aria umida della notte la investì con la sua cappa. Si calcò in testa in cappellino e si fece coraggio. Avrebbe cercato un passaggio su una carrozza a nolo, se era fortunata ne avrebbe fermata una tra quelle che giravano per trasportare le persone dirette alle serate danzanti e a teatro.

*

«Di tutto mi sarei aspettato, tranne una proposta da Fitzgerald!» Wright sorseggiò la sua tazza di caffè forte acquistato direttamente da una torrefazione nel Regno di Napoli, una delle poche soddisfazioni della possibilità di potersi muovere lungo i porti italiani.

«Una proposta che cade a fagiolo in un momento in cui avevamo bisogno di distogliere Doranna dalle sue fantasie su Anderson» ribatté Vianna seduta alla sua destra, alle prese con un panino al latte e la marmellata di susine.

«Dopo che avremo parlato con Anderson, vi posso assicurare che non esisterà più nessuna fantasia. Ci ha provato, devo ammetterlo, ha avuto un bel coraggio. È stato un bel tentativo di rivalsa da parte sua, ma non esporremo Doranna al pubblico ludibrio per salvarci da un presumibile scandalo» assicurò Edward, all'altro capo del tavolo.

Aveva programmato con Wright di andare a cercare Anderson subito dopo essersi fermati all'Ammiragliato per prendere servizio negli incarichi speciali. La *Confidence* era ancorata al porto, l'avevano vista il giorno precedente mentre entravano nel cantiere di carenaggio con la Defence. Sapevano che era stata riportata in Inghilterra da un altro equipaggio che aveva sostituito quello di Anderson, attualmente in congedo temporaneo. Sarebbero partiti da lì per avere notizie del Capitano, perché non sapevano dove alloggiava, ma i marinai erano al corrente di ogni cosa, avrebbero parlato per un boccale di birra.

«Sembrava piuttosto serio, nel proposito di sposare Doranna» mormorò Mina, sorvolando con un'occhiata generale i commensali. «Ho avuto modo di pensare a quello che ci disse a *Winter Hall*. Credo intendesse usare lo scandalo come arma per ottenere mia sorella, e non viceversa.»

Gli altri la guardarono allibiti, come se le fosse improvvisamente spuntata una seconda testa.

Sentendosi forse un po' sciocca per quel suo pensiero, si affrettò a ritornare allineata con l'atmosfera cupa della colazione.

«Questo però non giustifica le sue azioni.»

«No, infatti» confermò Edward, mettendo fine a tutti i dubbi che il ragionamento di Mina aveva sollevato. «Doranna poteva non conoscere i precedenti su Anderson, ma lui era consapevole di chi fosse lei e quale peso avessero le sue intenzioni.

Mr. Hope apparve nella sala da pranzo trafelato, con un biglietto in mano che tese subito a Mina.

«Milady, l'ha trovato Miss Andini sul letto di Miss Ferretti.»

Mina prese il biglietto e lo lesse velocemente, poi balzò in piedi con una mano sul petto.

«È fuggita! È andata da Anderson!»

Edward tese una mano per vedere la lettera, mentre Erik e Vianna si alzavano abbandonando la colazione nei piatti.

«Non può averlo fatto!» esalò Vianna, fissando la cognata con uno sguardo allarmato. «È da folli!»

«A quanto pare lo ha fatto davvero» Edward si alzò dalla poltrona e chiese a Hope di portargli la redingote e il tricorno. «Andiamo a cercarla. Io andrò all'Ammiragliato per vedere se trovo Anderson o se sanno dirmi dove alloggia» si rivolse poi al cognato, che stava infilando la giacca dell'uniforme e la feluca. «Tu vai al porto, i marinai della Confidence potrebbero averlo visto. Se Doranna sa dov'è lo avrà già raggiunto.»

«Mio Dio… siamo rovinate» Mina ricadde a sedere sulla poltrona con lo sguardo perso nel vuoto.

Vianna la raggiunse, sedendosi accanto a lei per confortarla.

«Non essere sciocca! La troveranno e la riporteranno a casa, dopodiché chiuderemo definitivamente questa storia.»

«Com'è possibile che abbia fatto una cosa del genere! Ero sicura che sarebbe stata ragionevole! Ieri sera le ho detto della proposta di Fitzgerald, l'ho convinta che era meglio chiudere i rapporti con Anderson e che si doveva sottomettere alle decisioni della famiglia. Che a fare di testa sua l'avrebbe portata solo ad affrontare il nostro disprezzo!»

Vianna abbracciò la cognata che scoppiò in lacrime.

Si rendeva conto della situazione e prevedeva già come sarebbe finita. L'atto sconsiderato di Doranna si sarebbe risolto con un matrimonio riparatore per salvarla dallo scandalo e non trascinare anche loro sulla bocca di tutti.

Ora si trattava solo di capire dove fosse Anderson e se la ragazza fosse effettivamente con lui.

Sulla porta dell'ingresso, Doncaster e Wright stavano aspettando che portassero loro i cavalli dalla scuderia, quando arrivò un messo, un ragazzo sui quattordici anni, che si levò in fretta il berretto di pannolenci e consegnò loro un messaggio sigillato.

«Perdonate, Milord. Da parte di Lord Lowenbrown, con urgenza.»

Edward afferrò il biglietto, chiedendosi cosa ci fosse ancora di urgente, soprattutto da Lowenbrown. Forse si trattava della proposta di matrimonio del figlio. Non credeva si potesse trattare di qualcosa che riguardasse Anderson, Fitzgerald non ne aveva fatto cenno la sera prima.

Staccò il sigillo di ceralacca e lesse la missiva con un certo stupore. Non era firmata dal vecchio Barone, bensì dal figlio.

Doncaster, con mio grande dolore devo comunicarvi che stanotte Lowenbrown ci ha lasciato. Un colpo apoplettico, così ha diagnosticato il medico. Mi trovo attualmente nella condizione di dover affrontare un grave lutto, che richiede da parte mia la presa in consegna del suo lascito e il titolo di Barone Lowenbrown. Fermo restando che le mie intenzioni espresse ieri sera nei confronti di Miss Doranna restano invariate, è mio dovere però avvertirvi che non potrò assolvere nell'immediato ai miei desideri di portarla all'altare prima di almeno sei mesi, per rispetto nei confronti del mio defunto padre.

Resto in attesa di un vostro cenno, ho l'onore di essere vostro devoto amico Arthur Lowenbrown.

Edward tese il biglietto a Erik, che restò sbalordito esattamente come lo era il cognato.

Che si fosse trattato o meno di una triste coincidenza, il miglior pretendente che si era proposto a Doranna era diventato Barone durante la notte, acquisendo se possibile un ulteriore vantaggio su Anderson.

«Andiamo. Dobbiamo ritrovarla, prima che questo scandalo ci travolga tutti in una volta sola» sollecitò Edward.

Afferrarono le briglie dei loro cavalli e si divisero, ognuno verso la loro destinazione, dopo essersi augurati buona fortuna.

Capitolo 20

Era una mattina piovosa, il tempo si era guastato già la notte prima e alle prime luci dell'alba una cappa nera incombeva sopra Londra impedendo al sole di filtrare.

Aveva poi deciso di scaricarsi definitivamente in una pioggia gelida e costante che aveva rinchiuso in casa i cittadini rimasti in città perché obbligati dal lavoro, mentre i ricchi borghesi e i nobili avevano già raggiunto le tenute estive nelle contee confinanti, o erano in procinto di farlo.

Anderson arrivò al porto verso le undici insieme a Farewell per ispezionare la *Confidence*. Era stato all'Ammiragliato appena dopo l'alba, sapendo che a quell'ora i suoi colleghi erano ancora impegnati con le colazioni famigliari e avrebbe potuto parlare con Codrington in tutta tranquillità.

Lo aveva infatti trovato già all'ufficio, al contrario di altri Ammiragli meno ligi al dovere, che probabilmente erano ancora ai loro club o dai sarti per provare le nuove uniformi.

Il loro incontro era stato breve. Anderson era riuscito a ottenere le basi per farsi una vita altrove, quindi rassegnava le dimissioni e abbandonava definitivamente la Royal Navi.

Codrington era rimasto allibito da quella decisione. Aveva avuto sempre molta stima per Anderson, lo stava aspettando per proporgli un avanzamento di grado che gli avrebbe permesso di comandare una fregata di grado superiore alla Confidence.

Aveva bisogno dei suoi uomini migliori nel Pacifico per alcune operazioni sotto segretezza da parte del Ministero della Difesa. Servivano navi che potessero trasportare gli agenti segreti impegnati a contrastare le mire espansionistiche spagnole verso le coste del Perù e il mercato della Coca.

Molto a malincuore, Anderson aveva declinato la promozione. Aveva dato alla marina dieci anni della sua vita, ora voleva solo fermarsi in un posto, con una moglie, avere dei figli, ricostruirsi una famiglia.

Si erano lasciati con una stretta di mano calorosa, quasi commossa da parte di Codrington.

Anderson invece, uscendo dagli uffici dell'Ammiragliato, si era sentito improvvisamente alleggerito e risollevato da un peso enorme che aveva sul cuore.

Si era diretto immediatamente alla banca di Farewell, dove aveva dovuto attendere di poter essere ricevuto dal direttore per poter ritirare in contanti la cambiale di Lowenbrown. La cifra segnata sulla cambiale era piuttosto alta e Anderson aveva dovuto subire un lungo interrogatorio sulle circostanze in cui il Barone aveva deciso di assegnargli del denaro.

Interrogatorio che era stato interrotto dall'arrivo di Farewell che aveva garantito per il Capitano. Era bastato uno sguardo d'intesa fra i due per capirsi, ma Anderson gli aveva mostrato la lettera di Lowenbrown con la confessione che gli aveva estorto, e il banchiere aveva sogghignato per l'abilità dell'ufficiale nel riprendersi quello che era stato sottratto a suo padre con la truffa.

Dopo di ché, sotto lo sguardo esterrefatto del direttore, aveva aperto il caveau e ritirato la somma in sterline, consegnandola ad Anderson con la sua benedizione.

Non solo, aveva anche chiesto a Jack di mostrargli quella meraviglia di nave per cui aveva gettato scompiglio a casa di ben due famiglie blasonate.

Lo aveva quindi accompagnato al porto con la sua carrozza, dove la Confidence attendeva di essere presa in consegna dal nuovo proprietario.

Nei giorni precedenti era stata disarmata dalle carronate, la santabarbara era stata completamente svuotata dai proiettili e dalle polveri da sparo, così come era stato svuotato il magazzino delle armi.

Era stata tolta la bandiera della *Royal Navy*, e ora a prua restava solo la bandiera del Regno Unito che pendeva afflosciata dalla pioggia battente.

I due uomini scesero dalla carrozza per salire sul ponte, dove un mozzo diede loro il benvenuto.

Si presentò come Ronald, era stato pagato per restare sulla nave fino alla presa in consegna del proprietario, ma quando vide Anderson fece un'esclamazione quasi di gioia.

Jack si ricordava bene di lui. Era un ragazzino sui quindici anni, aveva viaggiato un anno con lui agli ordini del cuoco. Non appariva quasi mai sul ponte, ma a volte gli portava il pranzo o la cena nella cabina, quando non si trovava nel quadrato ufficiali.

Gli diede una manciata di penny per prendersi del cibo decente e una birra, e gli ordinò di cercare il Sottufficiale Capo Jones chiedendogli venire subito da lui.

Sapeva che Jones era uno dei tanti sottufficiali che per aver raggiunto anzianità di servizio erano stati congedati definitivamente. Aveva visto il suo nome nella lista dei congedati, il giorno prima.

Avevano navigato insieme a Navarino, poi Jones era stato messo a mezza paga a Gibilterra, e infine rispedito a Londra.

Ora era arrivato il momento per rimettere insieme un buon equipaggio, e Jones era l'uomo che faceva per lui.

Ronald sapeva dove trovarlo, era un ragazzo sveglio e non dimenticava niente. Lo avrebbe trovato e portato da Anderson in breve tempo. Si defilò svelto sulla passerella e sparì lungo la banchina del porto, veloce come un ratto.

Jack fece segno a Farewell di precederlo sotto coperta, quando videro arrivare un uomo al trotto. Aveva l'uniforme nera della *Royal Navy* e si fermò con un moto brusco delle redini davanti alla passerella.

Jack non faticò a riconoscerlo e strinse gli occhi in un'espressione di disappunto.

Davanti a lui, mentre tratteneva un cavallo agitato, il Tenente Wright lo chiamò con un tono brusco.

Anderson si toccò il tricorno con un saluto militare.

«Mr. Wright, siete venuto a congratularvi per il mio nuovo acquisto?»

«Sono qui a chiedere soddisfazione delle vostre azioni. Adesso!» gli urlò di risposta Wright, spaventando ancora di più il cavallo.

Anderson si appoggiò con le mani alla murata, guardandolo con tutto il rancore che aveva trattenuto in quegli anni.

«Potrei chiedervi la stessa cosa. Immagino che la vostra gentile signora vi abbia informato della chiacchierata che abbiamo avuto due giorni fa... a proposito della sua famiglia. O meglio di suo padre.»

«Lasciate Vianna fuori da questa storia. Avete già cercato una volta di infangare il suo nome, ma questa volta non ci riuscirete. Risponderete delle vostre minacce alla mia famiglia oggi pomeriggio a Regent's Park. Trovatevi un padrino e un medico. E questa volta mi assicurerò che non lascerete la città, da vigliacco quale siete, come avete fatto a febbraio» Wright si levò un guanto e lo gettò sulla passerella, restando in attesa che Anderson lo recuperasse.

«Che cosa pensa la mia adorabile fidanzata della vostra sfida? È stata informata?» Anderson scese lentamente la passerella fermandosi a pochi centimetri dal guanto, a braccia conserte.

Wright intimò al cavallo di restare tranquillo, senza togliere lo sguardo da Anderson.

«Miss Ferretti non è con voi in questo momento? Potete chiederglielo direttamente!»

Anderson si oscurò fissandolo con una furia trattenuta.

«Cosa state dicendo? Doranna non è qui, che io sappia è a casa di sua sorella. Se la sono portata via due sere fa da *Winter Hall* e da allora non l'ho più vista.»

Wright lo scrutò, cercando di capire se stesse mentendo, ma sembrava sincero e questo lo preoccupò ancora di più.

Anderson raccolse il guanto, avvicinandosi a lui, restando a debita distanza nel caso il cavallo si fosse imbizzarrito. Pareva che il Tenente non fosse in grado di dominarlo.

«Dov'è Doranna?»

«Eravamo certi che fosse con voi! Dopo la proposta di matrimonio di Fitzgerald, il figlio di Lowenbrown, è fuggita di casa. Ha lasciato un biglietto dicendo che vi avrebbe raggiunto per stare con voi. Potete immaginare in che stato sia Lady Doncaster in questo momento!»

«Lowenbrown? State dicendo che quello smidollato della filanda ha avuto il coraggio di fare una cosa del genere? Cosa gli è saltato in mente?!»

«Potrei domandarvi la stessa cosa, ma non è un affare che vi riguarda. Doranna non sposerà voi, questo è sicuro. Si trova sotto la protezione di Doncaster in questo momento, e farà nulla che possa nuocere alla sua reputazione. Il vostro impegno è sciolto. Presentatevi a Regent's Park alle quattro, al teatro greco.»

Wright volse il cavallo e se ne andò al galoppo sotto la pioggia, senza più voltarsi.

Farewell si avvicinò ad Anderson piuttosto preoccupato. Il Capitano gli tese il guanto della sfida.

«Mi serve un padrino.»

«Sarò lieto di assistervi. Ma vi serve anche un medico.»

«Non sarà un problema trovarlo» Jack vide arrivare a piedi alcuni uomini insieme a Ronald.

Tra di loro vide il Sottufficiale Capo Jones e il Tenente Sterling, il medico di bordo della Confidence.

Ronald era stato bravo, forse ancora più bravo di quello che aveva previsto.

Alzò il volto verso il cielo plumbeo e si chiese cosa lo aspettasse ancora dal destino per complicare i suoi piani.

Il pensiero di Doranna fuggita da casa lo fece incupire ancora di più. Forse si era rifugiata da un'amica, ma era a Londra da pochi giorni, non conosceva nessuno. Prima del duello aveva tempo per cercarla e convincerla a tornare dai Murray.

Congedò Farewell, che si sarebbe occupato delle pistole, come era tradizione, e gli diede appuntamento al parco come era stato stabilito. Il banchiere non si trattenne oltre, adducendo degli impegni improrogabili nella sua banca, e raccomandandosi con Anderson di fare tardi all'incontro.

Sterling non fece obiezioni quando gli chiese di presenziare al duello. Il suo unico desiderio era ritornare in mare prima possibile, perché anche lui era fra coloro che erano stati congedati e doveva trovarsi una nuova occupazione. Si metteva a disposizione di Anderson, che sapeva avrebbe vinto la sfida, dato che era un ottimo tiratore. Doveva solo recuperare la borsa con i suoi ferri e portare il suo bagaglio sulla Confidence, cosa che intendeva fare subito, mentre Anderson andava a procurarsi un cavallo per far passare tutte le locande dove Doranna, quella sciocca ragazzina, poteva essersi nascosta.

*

Diana scrutava da dietro il vetro riquadrato in rombi il cielo plumbeo che incombeva sopra *Winter Hall*, maledicendosi per aver acconsentito di rimandare di un giorno la partenza. Le strade che avrebbe dovuto percorrere per tornare a Bath erano già disastrate in alcuni punti, abbandonate all'incuria. Con il brutto tempo che stava scaricando pioggia dal primo mattino, sarebbero diventate impercorribili per qualunque mezzo. E lei non era intenzionata sicuramente a percorrerle a cavallo con il rischio di prendersi un malanno.

Constance abbandonò il suo ricamo in grembo, dedicando alla cugina uno sguardo dolente.

«È colpa mia. Mi spiace tanto! Ti ho convinto a restare e guarda ora che pasticcio!»

«Non essere sciocca, non potevi certo prevedere che sarebbe arrivato questo maltempo» la rassicurò Diana.

Stava per allontanarsi dalla finestra, annoiata dall'inutilità di quella situazione, quando vide arrivare dal viale una carrozza nera senza insegne, girare attorno all'aiuola di rose e fermarsi davanti all'ingresso.

«Chi può mai essere con questo tempo?»

Il vetturino scese con l'ombrello e aprì lo sportello, riparando al meglio possibile una donna bionda che scese dalla carrozza con una borsa di stoffa.

«Oh mio Dio! Ma è Doranna!»

Constance lasciò il ricamo sul divano e raggiunse la cugina cercando di vedere oltre i vetri annebbiati dalla pioggia.

Diana andò alla porta, stringendosi nello scialle per resistere all'improvvisa folata di aria fredda che filtrò attraverso le vesti leggere.

Il vetturino accompagnò Doranna davanti alla porta, poi attese di essere pagato per poter ritornare a Londra, ma Diana lo convinse a fermarsi per una minestra calda e per far asciugare il pastrano.

Il maggiordomo, giunto in quel momento, gli fece strada verso le cucine per affidarlo alla cuoca.

Doranna si gettò nelle braccia dell'amica, con il viso tirato e gli occhi pieni di lacrime.

«Oh Diana! Come sono felice di essere qui! Non sai cosa è successo!»

«Calma, cara! Qualunque cosa sia successa non può essere così tanto grave. Vieni in salotto, faremo accendere il camino per riscaldarti, sei fredda come il ghiaccio.»

Doranna venne fatta accomodare in una poltrona, la cuoca mandò la cameriera con un vassoio di tè e scones dalle cucine e il maggiordomo approntò immediatamente il fuoco nel caminetto. Anche se era giugno, il maltempo aveva abbassato improvvisamente la temperatura, obbligando le signore a indossare gli scialli di kashmir sulle spalle per contrastare l'umidità.

Diana aspettò che la ragazza avesse bevuto almeno una tazza di tè prima di sollecitarla a raccontare cosa fosse successo.

Tra un biscotto e un singhiozzo, Doranna raccontò gli ultimi avvenimenti che l'avevano coinvolta a Palazzo Murray, concludendo con l'ultima novità, Fitzgerald che le aveva chiesto la mano.

Una situazione così assurda che perfino Diana faticò a comprendere e dovette farsi ripetere un paio di volte le cose per capirle bene.

Soprattutto si fece ripetere la questione di Lowenbrown, della partita a Faraone, del ventaglio di Lady Lowenbrown, e di come la signora aveva eluso ulteriori domande da parte di Mina e Vianna a proposito degli eventi del settembre 1826 andandosene e portandosi via il figlio.

Figlio che non aveva esitato a ritornare per chiedere la mano di Doranna, senza prima domandare a lei se fosse interessata a quella proposta.

Ma soprattutto, da quello che Diana aveva capito, nessuno aveva detto a Fitzgerald che Doranna era già impegnata.

«Sanno che sei venuta qui, vero?» le chiese quando finalmente la ragazza si calmò, accettando una seconda tazza di tè.

«No, sono fuggita stanotte, mentre tutti dormivano. Non voglio restare in quella casa, e non voglio sposare Fitzgerald. Io voglio sposare Jack e basta!» la voce le uscì come uno squittio, seguita da un singulto di dispetto.

Diana la osservò senza proferire parola.

Capiva perfettamente la ragazza e la sua ostinazione. Qualunque donna avesse passato più di mezz'ora in compagnia di Jack non poteva fare altro che restarne affascinata, se non addirittura soggiogata. Lei ne era ben consapevole.

Iniziava a chiedersi però se Doranna fosse matura per quel tipo di relazione, soprattutto per diventare la moglie di un uomo d'acciaio come Jack Anderson, imprevedibile e incapace di sottomettersi alle convenzioni sociali.

Era un comandante anche nella vita privata, non solo sul ponte della nave. Aveva quello spirito indomito che esaltava gli equipaggi all'arrembaggio e faceva tremare di passione le ragazze sventate come Doranna.

«Cara... ma dove hai passato la notte?»

«In una locanda» rispose la ragazza asciugandosi le lacrime dal viso con un fazzoletto. «Il locandiere ha accettato uno dei miei anelli come pagamento per avere una stanza da sola e un po' di stufato. Non avevo cenato e avevo molta fame.»

Diana cercò di immaginarsi la scena di quella ragazza che appariva alla porta della locanda dopo le dieci di sera, sola, senz'altro che una borsa, e senza soldi.

Poi scosse la testa, cercando di tornare al presente.

«Manderemo una lettera a Palazzo Murray per avvisare che sei qui con noi...»

«No, ti prego!» Doranna le afferrò le mani, tornando a piagnucolare.

«... tua sorella sarà in ansia, non possiamo lasciarla nel dubbio che tu possa essere in pericolo e senza protezione» concluse Diana, pensando subito al lato pratico della situazione.

«Mi verranno a prendere per riportarmi a casa, mi costringeranno a sposare Fitzgerald!»

«Non credo che arriveranno al punto di costringerti, se sarai docile e ragionevole. Sicuramente, non permetteranno che tu sposi Anderson, questo mi sembra palese. Ci sono cose che travalicano i tuoi desideri, che hanno coinvolto i Murray e gli Anderson nel passato, e forse anche qualcun altro. Cosa sia successo di preciso non lo so, tranne quello che ci ha raccontato Jack.»

«Jack mi aveva assicurato che sarebbe andato a chiedere una licenza speciale per sposarci. So che ha mantenuto la sua parola, io sono serena. Ci sposeremo e mia sorella dovrà accettare la mia decisione, che le piaccia o no. È solo gelosa della mia felicità, non vuole che io sia felice come lei!»

Doranna restò ferma nella sua intenzione di portare a termine i suoi piani con una tale cocciutaggine nella voce lamentosa e singhiozzante che Diana ne rimase un attimo infastidita.

La brutta impressione che ebbe in quel momento fu che Doranna volesse rimanere nelle sue posizioni per un semplice capriccio e non perché fosse realmente innamorata di Jack.

Stava per rispondere alla ragazza con alcuni consigli per riportarla alla realtà della sua situazione, quando suonarono la campana del cancello.

Constance si avvicinò alla finestra, mentre sentivano i passi di Mr. Stewart che attraversa il corridoio.

«Chi è arrivato ancora?» le domandò Diana, iniziando a preoccuparsi. Con buone probabilità erano venuti a cercare Doranna.

«È un uomo a cavallo. Si è fermato al cancello, sembra non voglia entrare. Mr. Stewart gli sta andando incontro.»

Constance scrutò il breve colloquio tra i due uomini. Il nuovo arrivato tese una lettera al maggiordomo, poi voltò il cavallo e se ne andò sotto la pioggia.

Stewart rientrò con un'espressione piuttosto incerta, e consegnò la lettera a Constance.

«Per voi, Miss. Da parte di Lord Farewell. Il fattorino ha detto che è urgente.»

«Chi è Lord Farewell?» domandò Diana, senza capire.

«Il banchiere che cura gli affari di mio fratello» rispose velocemente la ragazzina.

La ragazzina strappò il sigillo e aprì in fretta la lettera, leggendola con apprensione, poi la passò a Diana, con la mano che le tremava e il viso improvvisamente impallidito.

Miss Anderson, sono ad avvisarvi con questa mia che vostro fratello si trova in una spiacevole situazione. Il dissidio con Doncaster e Wright ha raggiunto l'apice della gravità di cui temo non si avranno felici conseguenze. Stamattina al porto di Londra il Tenente Wright ha formalmente sfidato a duello il Capitano Anderson. Si incontreranno oggi pomeriggio a Regent's Park, al teatro romano, con il favore del maltempo. È mio dovere avvertirvi, poiché sono stato chiamato come padrino di Anderson, che se la polizia venisse a scoprire l'accordo i due ufficiali verrebbero radiati con disonore dai loro ruoli secondo il Codice Militare, senza più la possibilità di poterli riacquistare, e che se Wright dovesse morire, la sua vedova verrebbe privata della pensione del marito. Secondo le regole del duello, Wright ha dichiarato un'offesa atroce alla famiglia Murray, pertanto l'arma adottata sarà la pistola a colpo singolo. Farò il possibile per accordarmi con il padrino di Wright per ottenere soddisfazione al primo sangue. Vi prego di recarvi a Londra al più presto.

Ho l'onore di essere vostro umilissimo servo, George Conte Farewell.

Constance afferrò il polso di Diana, senza riuscire a trattenere il tremito che la affannava.

«Ti prego, bisogna fermarli subito!»

Diana, con un'espressione alterata negli occhi, si sentì avvampare dalla collera.

Il mondo era impazzito. Tutti erano improvvisamente impazziti.

Vedendo che Mr. Stewart stava attendendo sulla porta, si rivolse a lui direttamente.

«Avvisate il vetturino che tra pochi minuti partiremo per Londra. Non sappiamo a che ora sarà il duello, prima arriviamo e meglio sarà.»

«Duello?!» esalò angosciata Doranna, portandosi le mani alla gola.

«Sì. A quanto pare, questa è la conseguenza della tua fuga sconsiderata» le rispose in tono acido Diana. «Wright ha sfidato Anderson a duello, si batteranno oggi pomeriggio.»

Doranna emise un grido strozzato, lasciandosi ricadere sul divano come se stesse per svenire.

Nessuna delle due ragazze andò a soccorrerla.

Constance era corsa ad avvisare Miss Green dell'accaduto, mentre Diana era salita in camera sua a recuperare il bonnet e lo spencer.

Doranna scoppiò in un pianto isterico, sentendosi inesorabilmente triste, sola e abbandonata.

Capitolo 21

La carrozza a nolo si fermò davanti a Palazzo Murray a pomeriggio inoltrato.

Non aveva ancora cessato di piovere, ma la forza del temporale era lentamente diminuita nel passare delle ore. Nonostante questo, avevano impiegato ben più di due ore per arrivare a Londra, con il rischio di perdere una ruota o di ribaltarsi sulle strade allagate e rovinate dal maltempo.

Doranna aveva proseguito con la sua sceneggiata per una mezz'ora, durante il viaggio, poi si era resa conto che le due amiche non intendevano sprecare parole per consolarla, e che molto probabilmente Diana la stava biasimando per aver provocato un tale problema.

Lei non riusciva a capire quale parte potesse avere nella sfida tra i due uomini. Era una vittima, o almeno così si sentiva. Diana non comprendeva la sua sofferenza, era muta e silenziosa e non le avevano più rivolto la parola, se non per sollecitarla a salire in fretta in carrozza per partire.

Dal canto suo l'avrebbe volentieri lasciata a dolersi sul divano del salotto, ma non conosceva l'indirizzo dei Murray da indicare al vetturino. Era stata costretta a portarla con sé, nella speranza che questo potesse calmare la furia di Wright e convincerlo a ritirare la sua sfida.

Era tutto un maledetto pasticcio.

Se solo gli uomini avessero trovato il tempo di parlarsi fra di loro, con calma, era certa che si sarebbe potuto arrivare una soluzione pacifica. Invece, come era solito fra uomini abituati a risolvere i problemi con le armi, avevano preferito arrivare a battersi piuttosto che spiegarsi.

Anderson aveva le sue ragioni per essersi comportato come aveva fatto, ma allo stesso tempo anche i Murray le avevano. E ora, con Doranna fuggita di casa senza una protezione, avevano giustamente pensato che Anderson l'avesse inevitabilmente compromessa.

Perché fosse stato Wright a sfidare Jack e non Doncaster non gli era dato di comprenderlo, ma non intendeva soffermarsi sui dettagli.

Chiese al vetturino di restare in attesa del suo ritorno e, dopo che le due ragazze furono lasciate sugli scalini del portone, si attaccò alla campanella finché un maggiordomo trafelato venne ad aprire.

Mr. Hope si trovò di fronte una Doranna devastata dalle lacrime insieme a una sconosciuta.

Le fece immediatamente entrare e accomodare nel salotto, dove Vianna stava prendendo il tè in attesa di avere notizie dal marito e dal cognato, che non erano ancora tornati a casa.

Doranna si gettò nelle sue braccia con un grido strozzato di dispiacere e Vianna l'accolse sbalordita, guardando nel contempo Diana Archer.

«Dio vi ringrazio! Siete ritornata! Ma dove siete stata, cara ragazza, ci avete fatto stare in pena!»

Doranna non riusciva a parlare per l'agitazione, e venne fatta sedere sul sofà per calmarla.

Vianna ordinò a Hope di portare del cordiale per tutte le signore, immediatamente.

Diana rispose al posto della ragazza in lacrime, con il tono più fermo possibile, nonostante l'ansia.

«È venuta a *Winter Hall*, dove per fortuna mi ha trovato ancora lì. Sarei dovuta partire stamattina, ma il maltempo ha rovinato i miei piani» estrasse da una tasca della gonna la lettera di Farewell, porgendola a Vianna. «Aiutatemi, vi prego. Aiutatemi a fermare questa follia.»

Vianna, con lo sguardo grave, lesse la lettera balzando in piedi trafelata.

«Quando l'avete ricevuta?!»

«Poche ore fa, siamo partite immediatamente per venire qui e speravo di trovare il Tenente Wright, per supplicarlo di desistere dalle sue intenzioni.»

Vianna scosse la testa, iniziando ad agitarsi.

«Non è qui! È uscito stamattina con Edward per cercare Doranna e non sono ancora rientrati. Anche Mina è uscita un paio di ore fa per unirsi alle ricerche!»

Diana si sfiorò il viso, pensando velocemente sul da farsi, poi le prese le mani con tono supplice.

«Vi prego, Mrs. Wright. Qualunque siano le vostre idee su mio cugino, aiutatemi a fermarli!»

«Regent's Park non è lontano da qui. Come siete arrivate?»

«Con una carrozza a nolo. Mi sta aspettando fuori in strada.»

Vianna richiamò Hope, che stava ritornando con un vassoio carico di bicchieri con il cordiale, e gli ordinò di occuparsi di Doranna, mentre lei e Diana uscivano per raggiungere il luogo del duello.

«Se dovesse ritornare Lady Doncaster ditele che siamo a *Regent's Park*, e che se Dio vuole torneremo quanto prima.»

Dopo di ché seguì Diana in strada, infilandosi il cappello e allacciando i nastri nel percorso dalla porta alla carrozza, senza fermarsi.

Il traffico cittadino e la strada resa impraticabile dalla pioggia non facilitarono la corsa fino al parco.

Vianna era in preda al peggiore conflitto interiore di cui avesse memoria.

Non poteva dimenticare come era stata trattata da Anderson sulla *Confidence*, tutta la questione che aveva riguardato Milly e il Nostromo, al quale lei stessa aveva sparato. Si era domandata spesso negli ultimi mesi cosa avesse spinto il Capitano a comportarsi in quel modo, le era sempre sfuggito il motivo di così tanto accanimento nei suoi confronti. Fino a quando a *Winter Hall* Anderson aveva scoperto le carte, rivelando loro tutte le mosse fatte per vendicare la morte di suo padre e la disgrazia che era stata fatta cadere sulla sua famiglia.

Si era domandata che tipo di persona fosse suo padre, come aveva potuto prestarsi a una cosa così meschina come la rovina economica degli Anderson e non aveva trovato risposta. Dopo aver trovato il ventaglio cinese si era rinchiusa in un cupo mutismo, lasciando tutta la faccenda nelle mani di Mina, Edward e Erik. Non aveva la forza di accettare il fatto che suo padre fosse stato complice di una truffa, eppure era proprio quello che era successo, lo aveva letto in faccia a Lady Lowenbrown.

A malincuore, aveva compreso le motivazioni di Anderson. Del resto, lei stessa si era messa nelle condizioni di dare spettacolo di se stessa, non avrebbe dovuto portare con sé la pistola, e nemmeno sparare al Nostromo. Si sarebbe dovuta limitare a denunciarlo, invece in quel modo era passata dalla parte del torto.

Non si era meritata quello che aveva patito nella prigione di Gibilterra, questo no. Ma comprendeva Anderson e la possibilità che lei stessa gli aveva dato di prendersi una bella rivincita, se non si voleva parlare di vendetta.

Ora però la situazione era degenerata al punto di non ritorno. Doveva assolutamente impedire a Erik e Anderson di battersi, per qualunque motivo si fossero sfidati. Non poteva nemmeno pensare alla sua esistenza senza Erik. L'idea di perderlo la stava logorando un pezzo alla volta.

Non poté fare meno di osservare Diana, il viso preoccupato e gli occhi angosciati. Sapeva poco di lei, solo quello che Lady Carnhale le aveva raccontato in un momento di confidenza.

Diana era stata fidanzata con Anderson, avrebbero dovuto sposarsi, ma lo scandalo per la morte di Sir Anderson aveva trascinato entrambi nel biasimo della società londinese. Il fidanzamento era stato annullato, forse l'unico gesto saggio di Anderson nei confronti della ragazza, che si era però trovata isolata e abbandonata dal bel mondo, ricoperta di biasimo e dimenticata.

Nonostante tutto si era adoperata per aiutare Doranna ed era corsa immediatamente ad avvisarla del duello.

Non aveva compreso subito quale rapporto vi fosse tra lei e Anderson, finché non si era trovata in quel momento di estrema angustia.

«Perché state facendo questo?» le domandò, cercando di sondare il suo improvviso silenzio. «In fondo Anderson vi ha abbandonato, infischiandosene dei vostri sentimenti, dello scandalo in cui vi ha coinvolto. Ha intenzione di sposare un'altra donna.»

Diana distolse lo sguardo dal finestrino e volse il viso pallido e angosciato verso di lei, gli occhi lucidi di una febbre che la divorava dall'interno.

«Perché lo amo.»

Vianna seppe con certezza, in quel momento, di stare guardando un'altra se stessa. Riconosceva in Diana la potenza di un sentimento che trascendeva le convenzioni, oltre ogni ragione razionale, e che era sufficiente a giustificare ogni atto di follia che quella ragazza sarebbe stata disposta a compiere pur di salvare l'uomo che amava. Anche se alla fine di tutta quella storia sarebbe stata nuovamente abbandonata.

«Lo salveremo. Ve lo prometto. Salveremo entrambi dal loro maledetto orgoglio.» l'assicurò.

E questo per Diana fu più che sufficiente.

*

Regent's Park era un luogo insolito per i duelli. I nobili londinesi avevano l'abitudine di incontrarsi in uno dei boschetti di Hyde Park, sufficientemente vasto per coprire gli appuntamenti, dove uno sparo sarebbe passato quasi inosservato.

Regent's Park era un'area verde piccola, anche se defilata.

Forse la motivazione stava proprio nel non voler farsi trovare dalla polizia, che spesso attraversava il parco sapendo l'abitudine dei nobili di sfidarsi proprio in Hyde Park all'alba.

Anche l'orario era insolito, nonostante alcuni preferissero l'ora del tramonto, che creava più difficoltà alla visibilità dell'alba.

Farewell, Sterling, Lowenbrown e Doncaster erano accanto a un piccolo tavolino di legno, sul quale era stata posata la scatola delle pistole da duello. I padrini stavano controllando le armi, che fossero perfettamente in ordine, mentre il dottore si teneva in disparte con la propria valigetta medica, pronto a soccorrere il primo ferito.

«Lo sfidato ha diritto di scegliere le condizioni del duello come bene sapete. Richiede che si risolva al primo sangue, alla distanza di dieci passi, partendo da schiena contro schiena e voltandosi al decimo passo» dichiarò Farewell, approvando le armi.

Doncaster protestò che trattandosi di una *offesa atroce* il duello sarebbe stato all'ultimo sangue, ma Lowenbrown lo prese da parte un momento e parlandogli a bassa voce lo convinse a desistere dalle sue pretese e ad accettare le richieste di Farewell.

Il banchiere e il dottore non sentirono cosa si dissero, ma il Lord della filanda era molto serio e preoccupato. Durante la notte era morto suo padre e si era ritrovato improvvisamente padrone di uno stabilimento e di un patrimonio terriero da amministrare, situazione che lo aveva non poco destabilizzato. La vecchia amicizia con Doncaster e il suo desiderio di sposare Doranna lo avevano convinto ad accettare di fare da padrino a Wright, soprattutto dopo aver scoperto quella mattina stessa che Anderson aveva ritirato una cambiale firmata da suo padre la sera prima per una cifra che gli aveva fatto tremare i polsi.

Aveva chiesto spiegazioni a Farewell, sperando di poter tornare in possesso dei suoi soldi prima possibile, ma il banchiere gli aveva mostrato la cambiale, con la firma in calce ben riconoscibile. Il documento era originale, non era stato contraffatto. Inoltre, il contabile della filanda aveva confermato che Anderson aveva avuto un colloquio con Lord Lowenbrown la sera prima. Il Capitano se ne era andato soddisfatto, mentre il Lord aveva lasciato l'ufficio ordinando al contabile di annullare gli ordini di carico sulla Confidence, perché era stata ceduta.

Cessione che Farewell aveva confermato. Anderson era in possesso dei documenti di proprietà della nave in maniera del tutto regolare.

Lowenbrown non aveva potuto fare altro che accettare il fatto che il Capitano si era ripreso quello che era stato sottratto con la truffa a suo padre, due anni prima.

Aveva tentato di convincere Wright, nel primo pomeriggio, a rinunciare alla sfida e a scusarsi con Anderson, ma il Tenente ne aveva fatto una questione d'onore.

Da quello che aveva desunto, non si era trattato solo di vendicare l'affronto verso Vianna, per la questione accaduta tre mesi prima, ma anche delle pretese che Anderson aveva su Doranna.

Un totale pasticcio che non avrebbe lasciato né vincitori né vinti.

Wright però non aveva voluto ritirare la sfida, così come Anderson.

Entrambi si erano presentati all'orario stabilito, sotto un cielo pesante che aveva ripreso a sferzare il parco di pioggia, e continuava ad ammassare nubi plumbee spazzate da un vento gelido.

Doncaster alla fine accettò le condizioni

I due sfidanti vennero invitati a prendere posizione schiena contro schiena. Si erano levati le giacche e i panciotti, restando solo con la camicia che la pioggia aveva incollato ai torsi come una seconda pelle, le chiome infradiciate che ricadevano in rivoli sui volti dallo sguardo marmoreo.

Vennero caricate le armi e consegnate loro, poi i padrini si allontanarono dall'area di tiro e Farewell iniziò a contare i passi.

Dal sentiero che portava nell'area dell'anfiteatro romano sbucò una carrozza nera con il cavallo lanciato al galoppo. Si fermò vicino all'emiciclo del teatro e ne scesero le due donne.

Doncaster riconobbe Vianna e fece segno loro di stare lontane, ma la ragazza che era con lei scattò in una corsa folle verso i duellanti.

Farewell contò il numero dieci, i due uomini si fronteggiarono e nello stesso momento Anderson vide sbalordito Diana corrergli incontro, distraendolo.

Wright, che non si era accorto dell'arrivo delle due donne, sparò senza esitare.

Un istante dopo colpì Diana alla schiena, che si afflosciò con un grido nelle braccia di Anderson.

Capitolo 22

Nel caos che seguì dopo lo sparo, Diana sentì una fitta di dolore alla spalla sinistra, poi la vista le si oscurò e l'ultima cosa che vide fu il volto di Jack che urlava il suo nome, più e più volte. Poi il buio.

I padrini corsero a soccorrerla, il medico davanti a loro con la valigia dei medicamenti.

Wright imprecò, subito dopo raggiunto dalla moglie, intavolando con lei una discussione che si prolungò per alcuni minuti, finché non furono raggiunti da Doncaster.

«È ancora viva, il proiettile è uscito, ma Sterling deve controllare che non vi sia rimasta della stoffa dentro la ferita. La portiamo a Palazzo Murray» si volse verso Vianna, che aveva il viso sconvolto, forse più del marito. «Ho bisogno del vostro aiuto.»

Vianna non se lo fece ripetere e corse da Diana, seguita dai due uomini.

La ragazza era stata fatta adagiare sulla giacca di Anderson, Sterling le stava tamponando la spalla con una garza che si stava inzuppando di sangue.

Vianna si mise a disposizione del medico, che allontanò tutti e le chiese di aiutarlo ad aprire gli abiti di Diana per fasciarla subito e fermare l'emorragia. Dopo l'avrebbero caricata sulla carrozza per portarla a casa.

Anderson si allontanò di qualche passo, sfregando le mani sporche del sangue di Diana sulla camicia, incapace di proferire parola, sconvolto da gesto assurdo della ragazza.

Sentì qualcuno che lo afferrava per il braccio e si trovò a fronteggiare Wright, con un'espressione preoccupata.

«Questa questione finisce qui. Portiamo Diana dai Murray e ci prenderemo cura di lei. Noi due però dovremo parlare.»

Anderson ebbe un moto di stizza e si scrollò di dosso la sua mano.

«Non abbiamo nulla da dirci, Wright. Avete voluto avere soddisfazione, credo che l'abbiate abbondantemente ottenuta.»

«Avevo i miei motivi per sfidarvi. Oltre a tutto quello che successe sulla Confidence, credevamo che aveste convinto Doranna a fuggire con voi, a rovinarsi per sempre.»

«Ve l'ho detto stamattina, non so dove sia la ragazza. L'ho cercata tutto il giorno, ma in nessuna locanda dove sono stato avevano sue notizie» ribatté Anderson, stanco di essere accusato di voler fare del male a Doranna.

Ora il suo pensiero si era spaccato in due. Da una parte l'apprensione per la sua fidanzata, sparita nel nulla, e dall'altra la preoccupazione per Diana e il suo gesto sconsiderato nel tentativo di salvargli la vita.

«L'hanno trovata. Era fuggita a *Winter Hall*, Miss Archer l'ha riportata poco fa a Palazzo

Murray» lo rassicurò Wright, vedendolo seriamente preoccupato.

Dovette ammettere con se stesso che Anderson non era il diavolo, così come lo si voleva dipingere. Del resto lo aveva sempre ammirato come ufficiale in comando, non aveva nulla da dire in merito a come aveva svolto il suo lavoro. Edward aveva dubitato delle sue intenzioni durante la battaglia di Navarino, ma con il senno di poi, e sapendo cosa fosse accaduto a Sir Anderson, Erik iniziava a comprendere perché si fosse comportato in quel modo nei confronti di Doncaster.

Jack chiuse gli occhi per qualche secondo respirando di sollievo.

Aveva sul serio girato per tutte le locande del porto, ma Londra era una città enorme e pur con la sua buona volontà non era riuscito a trovare tracce di Doranna da nessuna parte.

«Dio ti ringrazio!»

Furono raggiunti dagli altri uomini, e Doncaster li sollecitò tutti ad andarsene.

«Leviamoci da questa pioggia, Miss Archer ha bisogno di essere medicata e un prato sotto un temporale non è sicuramente il luogo adatto. Anderson, voi venite con noi. Abbiamo alcune cose di cui parlare. Anche voi, Lowenbrown.»

Nessuno osò obiettare.

Caricarono Diana con molta attenzione sulla carrozza, sdraiandola sul sedile, affidandola alle cure di Sterling e Vianna, mentre gli altri prendevano cavalli e carrozze per dirigersi subito a Palazzo Murray.

*

Hope bussò alla porta della camera di Vianna ed entrò all'invito della signora. Posò il vassoio con la cena sullo scrittoio e chiese come stesse Miss Archer.

Diana riposava nel grande letto a baldacchino con le tende in damasco rosa antico, il volto pallido, ma rilassato nel sonno.

Sterling le aveva dato da bere un infuso con degli oppiacei per non farla soffrire più del necessario e si era addormentata già da un'ora.

Vianna era rimasta accanto a lei, dopo che il dottore aveva finito di ripulire la ferita e l'aveva bendata.

Mina era arrivata poco dopo di loro, stanca e delusa, dopo aver girato per mezza Londra, per scoprire che sua sorella era in salotto a mangiare panini al latte con la crema di cetrioli, mentre chiusi nella biblioteca c'era un congresso di uomini che discutevano a voce alta tutti assieme. Davanti a quella porta, Hope restava di guardia senza far entrare nessuno, questi erano gli ordini di Lord Doncaster.

Dal maggiordomo seppe cosa era successo nel pomeriggio, mentre lei come una povera disperata girava tutte le pensioni per signore di Londra, ed era talmente sconcertata dall'accaduto che per un lungo momento era rimasta in silenzio a osservare quella porta chiusa, poi era salita al piano superiore a cercare Vianna per farsi raccontare meglio i fatti.

Prima di parlare con Doranna, e di seguito con suo marito, voleva essere certa di ogni dettaglio di quella triste faccenda, perché una volta che il congresso in biblioteca fosse terminato, sarebbe toccato a lei aprire un dibattito dove nessuno se la sarebbe cavata a buon mercato.

Doranna nel frattempo era stata spedita nella propria camera, in attesa che Mina decidesse cosa fare di lei.

Vianna rassicurò il maggiordomo che Miss Archer se la sarebbe cavata, la ferita non era grave, era stata lavata e disinfettata con il brandy. Aveva perso sangue, le sarebbero serviti un po' di giorni per riprendersi, ma il dottor Sterling aveva promesso di passare il giorno dopo per assicurarsi che la ferita si rimarginasse senza infettarsi. Era stato un ufficiale di Anderson sulla *Confidence*, Vianna lo conosceva dal viaggio dello scorso Natale e sapeva che come medico era in gamba, abituato a curare l'equipaggio di marinai e soldati che durante i combattimenti subivano ferite ben peggiori. Aveva la massima fiducia in lui.

«Che mi dite dei signori al pianterreno?»

«Oh, Lord Lowenbrown se n'è andato circa mezz'ora fa. Era piuttosto seccato» le confidò Hope parlando a bassa voce per non farsi sentire da orecchie indiscrete. «È uscito dalla biblioteca borbottando che era la prima volta che veniva trattato in quel modo, e che certamente non avrebbe dimenticato di essere stato ingannato da

Lady Doncaster. Che avrebbe dovuto essere informato sul fatto che Miss Ferretti era già impegnata con il Capitano Anderson, invece di permettergli di coprirsi di ridicolo proponendosi come pretendente alla sua mano.»

Vianna fece un mezzo sorriso, immaginando la scena. A onor del vero, Lowenbrown aveva ragione, ma non vi era stato il tempo per discutere la questione, e certamente Mina aveva preferito non divulgare la questione del fidanzamento della sorella finché suo marito non fosse riuscito a parlare con Anderson.

«Che mi dite di mio marito e del Capitano? Hanno chiarito le loro divergenze?»

Hope si raddrizzò, riprendendo un tono formale.

«Questo, Mrs. Wright, dovrete chiederlo a loro. Il Capitano è uscito poco fa dalla biblioteca, salutando in maniera civile i signori. Lord Doncaster mi ha ordinato di far approntare la cena e di portare a voi un vassoio. Credo che ora si trovino in sala da pranzo insieme a Lady Doncaster.»

«Grazie, Hope. Non so come farei senza di voi. Scenderò tra poco, prima voglio cambiarmi d'abito. Mandatemi Dorothy, la lascerò qui a sorvegliare Diana.»

«Certamente, Mrs. Wright, al vostro servizio.»

Hope si richiuse la porta alle spalle e scese nel seminterrato a cercare la cameriera, che sapeva era nelle cucine con la cuoca.

Quel lungo giorno aveva finalmente avuto una fine. Non si poteva dire la stessa cosa per le questioni familiari dei Murray, ma aveva il sospetto che Lord Doncaster avrebbe ripreso nelle proprie mani ogni faccenda rimasta in sospeso.

*

Mina bussò alla porta della camera di Vianna, dove Diana riposava dalla sera prima tenuta sotto sorveglianza da Dorothy.

La cameriera le aprì, invitandola ad entrare, con gli occhi cerchiati dalla notte di veglia.

«Vai a riposare, resto io con Diana.»

«Ma Milady, anche voi avete un aspetto stanco. Non avete dormito stanotte?»

«Poco, ma ho riposato ugualmente. Non preoccuparti, vai a fare colazione, la cuoca ti sta aspettando, e poi prenditi la giornata libera. Mio marito ha chiesto a Hope di trovare un'altra cameriera, avrai un aiuto in più a partire già da oggi.»

Dorothy si inchinò con un sospiro di sollievo.

«Grazie Milady, siete molto buona. Avvisatemi quando arriva la nuova ragazza, così le darò le istruzioni per le camere.»

«Sarai avvisata.»

Dorothy si ritirò dopo un altro inchino, chiudendosi la porta alle spalle.

Mina si avvicinò al letto e fu felice di trovare Diana sveglia, il viso che aveva ripreso un po' di colore sulle guance, anche se negli occhi leggeva ancora la sofferenza.

«Come vi sentite?»

«Stordita. Dorothy mi ha dato un infuso con un sapore amaro, credo che contenesse qualcosa...»

«Lo ha lasciato il dottor Sterling per voi, per non farvi sentire troppo dolore.»

Diana la guardò per qualche momento in silenzio, poi si fece forza, trovando il coraggio di mettere insieme le parole.

«Ditemi che è ancora vivo.»

Mina annuì. La sera prima Edward le aveva raccontato del gesto disperato di Diana, che si era gettata davanti a Jack per proteggerlo dal proiettile sparato da Wright.

«Siete una donna coraggiosa» le rispose con un sorriso gentile «Coraggiosa, ma sconsiderata. Potevate essere colpita al cuore, lo sapete?»

Diana scosse la testa.

«Non ho pensato a me in quel momento. Non volevo che morisse, solo questo. Non lo avrei sopportato.»

«Lui lo sa?»

«Che cosa?»

«Che lo amate»

Diana volse il viso, arrossendo un poco, per evitare lo sguardo inquisitore di Mina.

«Sì, lo sa. Ma non ricambia i miei sentimenti» tornò a guardare la Lady con una consapevolezza profonda negli occhi stanchi e liquidi. «Ormai ha deciso, e so che quando prende una decisione non torna indietro. La nostra storia si è conclusa due anni fa. Si è promesso a Doranna e manterrà la sua parola.»

Mina si guardò le mani per qualche momento, poi annuì, tornando a osservarla.

«Siete coraggiosa, sconsiderata, ma anche molto saggia. Non sbagliate, manterrà la sua parola. Ha ottenuto una licenza speciale per sposare Doranna, per dimostrare che intende ottemperare alla sua promessa. Quella sciocca di mia sorella non lo merita, se volete il mio parere. Ma a quanto pare il destino ha voluto così e ormai i giochi sono fatti. Mio marito e Wright hanno acconsentito alle nozze. Hanno discusso a lungo ieri sera di tutte le questioni che hanno coinvolto i Murray e gli Anderson. Credo che alla fine abbiano accettato un compromesso che chiuda definitivamente le ostilità fra le nostre famiglie. Per amor di pace.»

Diana esalò un respiro profondo. Due lacrime le scesero lungo le guance, ma sorrideva, quasi incoerentemente.

«Ne sono felice. So che è quello che desidera. Doranna è una cara ragazza, lo renderà felice, ne sono certa. Forse voi la considerate sciocca, ma vi somiglia molto e sono certa che maturerà e diventerà una signora esattamente come voi. Anderson sarà un'ottima guida per lei.»

«Su questo non ho alcun dubbio» Mina le strinse una mano, per trasmetterle il suo sostegno in quel momento difficile. «Prima di andarsene, Anderson ha dato disposizione di farvi tornare a *Winter Hall* per la convalescenza, appena sarete abbastanza in forze per viaggiare. Desidera che siate affidata alle cure della vostra vecchia istitutrice, Miss Green.»

Diana annuì, ormai incapace di pronunciare altre parole.

Mina comprese che era ora di lasciarla sola e si congedò da lei per permetterle riposare.

Quando la porta si chiuse alle spalle di Lady Doncaster, Diana diede libero sfogo alla sua tristezza, senza più trattenere i singhiozzi. Ora era certa che tutto sarebbe andato esattamente come il destino aveva deciso, lasciando lei di nuovo in balia degli eventi.

Ora voleva solo riuscire ad alzarsi da quel letto e andarsene da Palazzo Murray prima possibile, dimenticarsi di tutta quella faccenda e tornare a casa sua.

Aveva lasciato il povero Mr. Brown in attesa di una sua risposta, che sicuramente avrebbe accettato. Le illusioni erano crollate. Dopo quel proiettile, restava solo un vedovo buono e gentile che le avrebbe dato rifugio e protezione per i giorni a venire.

Capitolo 23

Winter Hall,
Dieci giorni dopo

Diana scese le scale di legno, facendo attenzione a non farle scricchiolare. Ma quella vecchia casa aveva i suoi anni, come un'anziana signora con i suoi acciacchi, e ogni passo era un piccolo cedimento degli scalini, amplificato dal silenzio della notte profonda.

Dopo l'incidente del duello aveva iniziato a soffrire d'insonnia, probabilmente anche causata dal fatto che a volte dormiva di giorno più del necessario e si ritrovava sveglia di notte a fissare il soffitto del baldacchino con la mente perfettamente lucida.

Sentiva ancora i postumi degli oppiacei che aveva assunto nei primi giorni per sopportare il dolore alla spalla. Aveva avuto allucinazioni, stordimento e inappetenza, tanto che aveva temuto di non ritornare più in possesso delle sue facoltà mentali, anche quando il dottor Sterling aveva dimezzato le dosi fino a ridurle drasticamente e a toglierle del tutto.

Appena gliene aveva dato il permesso, si era trasferita a *Winter Hall*, accolta con calore da Constance e da Miss Green, che si erano prese cura di lei, del suo cuore infranto e della spalla ferita, come se fosse stata un pulcino salvato da una tempesta.

"*Il tempo guarisce tutto*" aveva dichiarato Miss Green, accudendola come se fosse stata sua figlia "*Date tempo al tempo.*"

Era proprio quello che non sapeva fare, non era mai stata una persona paziente.

Restare nell'inerzia la logorava mentalmente. Avrebbe preferito ripartire subito per Bath, tornare da Helena, assisterla durante il parto, ma il dottore era stato molto fermo. Sì al trasferimento a *Winter Hall*, che distava da Londra giusto un paio d'ore, con una sosta. Divieto assoluto di affrontare un giorno di viaggio fino a Bath, e altrettanto categorico il divieto di affaticare la spalla restando ore seduta a ricamare. Poteva fare passeggiate all'aperto, leggere, aiutare Constance negli studi, ma non doveva tenere la spalla sotto sforzo o avrebbe rallentato il processo di guarigione. Le aveva dato alcuni esercizi ginnici da esercitare passati i venti giorni, per riabituare il braccio al movimento, poi poteva tornare alla sua vita normale.

La rigidità della spalla era l'altro motivo per cui non riusciva a dormire per otto ore di fila. Dopo un paio di ore si vegliava con una fitta di dolore per aver mantenuto la stessa posizione.

Quella notte, però a tenerla sveglia era un altro tipo di tormento.

Si avvicinava la data del matrimonio di Jack.

Constance aveva ricevuto una lettera da suo fratello in cui l'avvertiva che era stata stabilita la data dell'evento. Si sarebbe sposato tra due giorni nella chiesa di Saint Mary-le-Strand, dove Jack era stato battezzato. Erano state invitate entrambe alle nozze, ma Diana non se la sentiva di partecipare.

Jack aveva scritto che sarebbe tornato a *Winter Hall* per venire a prenderle con una carrozza, ma non si era ancora presentato. Era stato trattenuto a Londra per il riallestimento della *Confidence*, che era diventata una nave mercantile, per l'assunzione dell'equipaggio, operazione che non poteva affidare altre persone, nonostante avesse rimesso a ruolo Sterling e Jones.

La lettera continuava raccontando una notizia incredibile.

Durante quei giorni frenetici per preparare la nave alla partenza era accaduto anche un altro fatto che aveva dello straordinario, se visto sotto la prospettiva dei fatti accaduti a Regent's Park.

Doncaster si era presentato una mattina al porto chiedendo di conferire con Anderson per conto dell'Ammiragliato. Aveva proposto al Capitano di lavorare per i servizi segreti della Corona, mettendo a disposizione la sua nave per trasportare uno agente del Re verso le Americhe del Sud. La proposta comprendeva un compenso per il servizio reso e una percentuale sui bottini nel caso la *Confidence* avesse incrociato navi francesi o americane.

Anderson aveva accettato senza riserve. La sua nave entrava nella guerra di corsa, insieme alla *Defence* e altre fregate di quinto grado private e comandate dagli ex ufficiali in congedo che il governo aveva assegnato agli incarichi speciali.

Mentre Constance leggeva la lettera, Diana si era immaginata la nave solcare le acque agitate dell'Atlantico e del Pacifico, toccare coste selvagge e isole tropicali. Quelle che Jack le aveva descritto così bene che le sembrava di esservi già stata.

E che non avrebbe mai visto. Era un privilegio riservato a Doranna.

In quel momento si era chiesta cosa ne avrebbe pensato la fidanzatina italiana, se sarebbe stata disposta a viaggiare con il marito Capitano pur di stargli a fianco, o se sarebbe rimasta a terra ad aspettare il suo ritorno.

Stupidamente, aveva detto a se stessa che avrebbe preferito mille volte viaggiare con lui, piuttosto che fare la vita noiosa della nobile tenutaria in un'isola sperduta dei Caraibi.

Ma questa era una possibilità che non si sarebbe mai realizzata.

A lei toccavano gli allevamenti di ovini dei Brown a Hartley nel Kent. Evviva.

Tenendo alto il candelabro, Diana si diresse alla cucina e scaldò un po' di latte in un pentolino di rame stagnato.

Avrebbe preferito il vino caldo speziato che la cuoca di *Willow House* le preparava quando prendeva il raffreddore da piccola, ma non doveva lamentarsi. Una tazza di latte caldo con il miele avrebbe ottenuto lo stesso effetto di rilassarla e conciliarle il sonno, senza stordirla e annebbiarle i sensi come l'infuso con gli oppiacei.

Stava per sedersi al tavolo per sorseggiare la tazza di latte, quando sentì dei rumori provenire dall'ingresso.

Il primo pensiero fu che potessero essere degli intrusi, afferrò un mestolo con entrambe le mani e si preparò a difendersi.

Ma quando vide la figura alta entrare nella cucina, avvolta dal mantello nero militare e illuminata dalla candela che teneva in mano, si diede della stupida.

«Jack! Che il diavolo ti porti! Mi hai fatto morire di spavento!»

«Potrei dire la stessa cosa di te» Anderson posò la candela sul tavolo e si levò la cappa, posandola sullo schienale di una sedia. «Rientro in casa in piena notte e vedo una luce provenire dalla cucina, dove dovrebbe essere tutto spento. Per un momento ho pensato a un principio d'incendio.»

Diana si afflosciò su una sedia, il mestolo appoggiato in grembo, sollevata di rivederlo, anche se in quell'ora antelucana. Il cuore aveva avuto un sobbalzo e ora galoppava come un cavallo impazzito.

«A quanto pare non hai perso l'abitudine di girare per la casa di notte» constatò Jack, prendendo dalla dispensa il fiasco del brandy e versandone un generoso bicchiere.

Le lanciò un'occhiata maliziosa, che la mise ancora di più in agitazione. Era vestita solo della camicia da notte leggera, con lo scialle che le pendeva da una spalla e la lunga treccia scarmigliata che posava morbidamente sull'altra, sfiorandole il petto.

Diana si strinse nello scialle, sentendosi stranamente esposta. Jack sapeva essere maledettamente ammaliante, anche quando non aveva nessuna intenzione di esserlo.

«Potrei dire la stessa cosa di te» ribatté Diana, bevendo troppo in fretta un sorso di latte e scottandosi la lingua. Dopo un'imprecazione detta tra i denti, tornò a osservarlo mentre si sedeva accanto a lei con il brandy in una mano, accavallando le gambe. «Non ti aspettavamo prima di domani. Come mai sei rientrato a notte inoltrata?»

«Domani mattina devo essere a Chelsfield per conferire con il curatore dei beni di Constance. La vecchia Winter ha lasciato delle disposizioni testamentarie in mano a un notaio, mi devo assicurare che mia sorella riceva la sua rendita una volta al mese come è stato predisposto da sua zia. Io non sarò qui, quindi il curatore dovrà occuparsi di tutto. Poi rientrerò a Londra, abbiamo quasi terminato l'allestimento della *Confidence* e siamo pronti a salpare.»

Diana restò incantata ad ascoltarlo, cullata dal tono lento e caldo della sua voce, e dalle fiamme d'ambra dei suoi occhi illuminati dalla luce delle candele.

Sarebbe partito con la sua nave, con la giovane sposina e un nuovo equipaggio, per raggiungere quelle isole lontane baciate dal sole tutto l'anno.

Avrebbe sentito di nuovo la sua mancanza, ma con il tempo avrebbe imparato a dimenticarlo.

«Non hai risposto alla mia domanda» la sollecitò lui, sorseggiando il suo brandy.

«Soffro d'insonnia» rispose brevemente la ragazza. «La spalla mi fa ancora male ogni tanto, non prendo più gli oppiacei. Quella robaccia mi stordisce la mente.»

Jack la osservò per un lungo momento e lei si sentì spogliare con gli occhi, come accadeva sempre come quando la fissava in quel modo.

Come se avesse cercato di leggerle dentro l'anima.

«Perché lo hai fatto?» le domandò all'improvviso.

Diana sussultò, scartando velocemente la prima e la seconda risposta che le vennero in mente. Non poteva dirgli la verità, non avrebbe cambiato le cose. Non sarebbe servito a nessuno.

Scosse le spalle, dando poca rilevanza al suo gesto sconsiderato.

«Non ha molta importanza. Sono stata una sciocca, Wright non ti avrebbe mai ucciso. Non ti avrebbe nemmeno colpito, ci ho pensato dopo. In quel momento non ragionavo.»

Anderson stirò le labbra in un uno strano sorriso, come se stesse dando retta a un proprio pensiero invece che ascoltare quello che lei stava dicendo.

«Siamo molto bravi a nascondere la verità dietro a delle maschere» replicò dopo qualche minuto. «Ma ero convinto che tu fossi più sincera di me. Non aver paura, non sarò certo io a giudicarti.»

Diana si irrigidì, indispettita, e si alzò per andarsene, ma Jack le afferrò una mano costringendola a fermarsi davanti a lui. Lo scialle scivolò dalle spalle, lasciandole la schiena scoperta.

«Non si fugge davanti al nemico. Ti lanci incontro a un proiettile, ma non vuoi rispondere a una semplice domanda. Perché lo hai fatto?»

Diana tentò di liberarsi, ma lui l'afferrò per i fianchi e la imprigionò tra le sue ginocchia, guardandola da sotto in su.

La ragazza dovette appoggiare le mani contro le sue spalle per non cadergli addosso, con il volto di lui a pochi centimetri dal suo seno.

Ora non poteva scappare, e sinceramente non sapeva neppure se lo voleva davvero, sfuggirgli.

«Sei sempre il solito arrogante, Capitano Anderson. Chi ti dice che tu sia il mio nemico?» esalò, con il fiato corto per l'emozione.

«Un uccellino mi ha rivelato un segreto, una cosa che mai più mi aspettavo da una ragazza orgogliosa come te.»

Diana trattenne il respiro, arrossendo come una bambina. Non era sicura che Jack si riferisse a quello che lei stessa aveva confessato a Mina. C'era qualcosa di sbagliato in tutta quella situazione.

Jack le stava accarezzando la schiena in quel modo eccitante che le faceva cedere le ginocchia e asciugare la gola. Poteva sentire le sue dita scottare anche attraverso lo strato leggero della camicia da notte e sentiva il suo respiro accelerare all'altezza del seno, che si alzava e abbassava al ritmo impazzito del cuore.

Jack la attirò contro di sé, posandole un bacio umido e caldo sul ventre, le mani che salivano verso le spalle, denudandole del tessuto leggero che le ricopriva.

Diana si sentì attraversare da un brivido, ansimando per la sorpresa. Passò le mani nei riccioli biondi del Capitano, inclinando la schiena per aderire alla sua bocca turgida che risaliva verso il seno, coprendola di piccoli baci sopra il tessuto finché non trovarono la pelle di velluto.

«Sai di miele... e di fiori...» le sussurrò obbligandola a sedersi sulla sua gamba per poter arrivare a baciarle la gola e le spalle. Si soffermò per un lungo istante sulla cicatrice lasciata dal proiettile, come in religioso tributo al suo atto coraggioso.

Diana si sentì sopraffare dall'emozione improvvisa di quel bacio, che aveva in sé al contempo un atto voluttuoso e una devozione quasi mistica.

Le labbra di Jack risalirono lungo la gola fino alla carne morbida della guancia e le catturarono la bocca in una trappola mortale.

Diana lo sentì in quel momento, non poteva fare altro che rispondere a quell'invito.

Al diavolo tutto! Lo avrebbe avuto ancora una volta. Se doveva essere un addio, che almeno fosse stato memorabile!

Si staccò dalla sua bocca di pochi centimetri, guardandolo negli occhi dorati.

Anche Jack la stava osservando, cercando nelle iridi nere la risposta che lei non gli aveva ancora dato. Le dita leggere di Diana scivolarono lungo il suo volto, sfiorando le labbra con il pollice. Lo catturò fra i denti, succhiandolo e mordicchiandolo.

Diana perse ogni remora, tolse la mano dalle sue labbra per sostituirla con le sue in un bacio avido, esigente, avvolgendolo con le braccia e tenendolo contro di sé, divorandolo con tutta la forza che la passione le stava crescendo dentro.

Per un momento Jack fu quasi sorpreso dalla sua intraprendenza, ma non si fece pregare. La sollevò per i fianchi, posizionandola meglio in grembo, con le gambe nude della ragazza che intrecciavano le sue, e l'afferrò per il fondoschiena premendola contro il bacino. Con le mani risalì sotto l'orlo della camicia da notte lungo le cosce morbide, accarezzandole tutta la pelle che fremeva al suo contatto. Nessuna fretta, se Diana voleva il controllo, non era certo lui a negarglielo!

La ragazza gli afferrò la testa, giocando con i riccioli biondi e gliela fece chinare sul seno, ormai esposto senza nessun pudore infantile.

Jack fece bottino di ogni centimetro di pelle che riuscì a sfiorare, sentendola finalmente gemere.

Diana si dimenò con il corpo, percorso da piacevoli brividi, incitandolo a non fermarsi. Sentì un incendio esplodere nel basso ventre quando le mani di lui le sfiorarono le parti intime in una carezza lunga, seguita dalla pressione delle dita sul punto più sensibile.

«Sei una piccola strega...» mormorò Jack coprendo di piccoli baci uno dei seni. Non avrebbe potuto continuare quel gioco ancora per molto, sentiva ormai la tensione dolorosa nelle parti basse e il sangue scorrere veloce picchiare nelle tempie

Si ricordò all'improvviso della prima volta che si erano rotolati insieme nel fienile di *Willow House*. Lei era una inesperta collegiale in vacanza e lui un giovanissimo ufficiale in carriera rimasto per troppo tempo in mare senza una donna. C'erano state promesse, sogni di ragazzi che si erano infranti davanti alla crudeltà della vita.

Ora tutto diverso. Questa donna che stava stringendo tra le braccia non era più quella ragazzina ingenua. Sapeva cosa voleva e lo pretendeva, perché non ci sarebbe più stato, non sarebbe più potuto succedere.

Alzò gli occhi a guardarla di nuovo, con la stessa muta domanda di prima.

"Perché lo hai fatto?"

Anche adesso lei non rispose, ma prese a slacciargli la camicia con frenesia, e quando trovò resistenza nei bottoni strappò i due lembi e passò i palmi delle mani sui pettorali, scendendo fino alla cintola con movimenti lenti e sensuali.

Erano stati insieme quanto? Una, due volte? Forse tre?

Eppure lei sembrava conoscere il suo corpo allo stesso modo in cui Jack conosceva ogni piega, ogni neo della sua pelle.

E non era affatto timida come la ricordava!

L'aiutò a sganciare i bottoni delle braghe e a liberare l'erezione, poi la ragazza si lasciò sollevare ed entrò dentro di lei senza nessuna fatica, sentendola tendersi come la corda di un violino.

Diana diede inizio alla sua danza, prendendosi tutto il piacere che il contatto con Jack potesse darle, senza permettergli di guidarla come voleva lui.

Jack si lasciò scappare una risata, che lei soffocò con un bacio profondo, un gioco di lingue e labbra, di mani fameliche che cercavano i punti più nascosti per aumentare l'eccitazione, il fiato che mancava e si mescolava in un crescendo di bramosia.

Diana si sentì esplodere dentro di nuovo, reclinando indietro il capo con i capelli ormai sciolti dalla treccia che ricaddero come una cascata nera e fluida sulle braccia di Jack.

La strinse a sé per prolungare l'apice del piacere, mentre perdeva il controllo, si perdeva in lei, a occhi chiusi, e chiamava il suo nome da dea bellissima e selvaggia.

Quando la sentì tornare a respirare con il cuore che le batteva come un tamburo nel piccolo petto rigonfio e arrossato dai suoi baci, la sollevò tra le braccia, spense le candele con un soffio e la portò al piano di sopra, salendo le scale con calma, mentre lei si strofinava come un gatto sul suo petto, disegnando piccoli cerchi con le dita di seta.

Gli rivolse un sorrisetto birichino con le labbra tumide, e Jack ebbe l'assoluta certezza di essere completamente perso.

*

Diana si svegliò alla luce del sole che entrò dalle finestre.

Si mosse per distendere i muscoli intirizziti tra le coperte disfatte, poi tese un braccio verso destra, trovando il letto vuoto.

Aprì gli occhi lentamente, guardando con sonnolenza le lenzuola aggrovigliate, l'impronta rimasta sul materasso, ormai fredda.

La rosa rossa che aveva lasciato al suo posto, con un biglietto scritto di fretta.

Addio, mia dea.

Sotto al biglietto, una lettera piegata in quattro con la calligrafia di una mano femminile. Era di Vianna Wright.

Anderson, aprite gli occhi. Diana vi ama, credo che l'abbiano capito tutti. Forse siete ancora voi l'unico a non esservene reso conto. Prendetevi le vostre responsabilità e smettetela di comportarvi come un ragazzino.

Sospirò, raddrizzandosi seduta, e gettò all'indietro la massa di capelli corvini che ricaddero sulla schiena nuda.

Ecco chi era stata la spia che aveva rivelato a Jack i suoi sentimenti. Doveva ringraziarla, senza di lei non avrebbe avuto quella notte indimenticabile.

Recuperò il cuscino caduto sul pavimento e lo abbracciò, sprofondandovi il viso per inspirare quello che restava del profumo di Jack, quel misto di brandy, salsedine e cordite che avevano sempre gli uomini di mare, più quell'aroma solo suo che la faceva impazzire quando le si avvicinava.

Sorrise, triste ma al contempo serena.

Aveva avuto la sua ultima notte e non rimpiangeva nulla, qualunque fossero state le conseguenze.

Una notte impossibile da dimenticare, non cinque minuti rubati. Jack l'aveva amata e adorata in tutti i modi in cui era stato possibile farlo, e lo stesso aveva fatto lei con lui, finché non si erano addormenti esausti una nelle braccia dell'altro.

Non erano state fatte promesse, perché non se ne potevano fare. Avevano dato e si erano presi tutto quello che era stato possibile, ed era stato giusto così.

Gettò via le lenzuola liberando le gambe e scese dal letto, avvicinandosi nuda alle cortine della finestra, assaporando il calore del sole sulla pelle.

Aveva un vestito da preparare per il matrimonio del giorno dopo, e non voleva assolutamente mancare a quell'evento.

Avrebbe guardato negli occhi azzurri la sposina italiana, che non era minimamente consapevole di quello che avevano condiviso lei e Jack, le avrebbe sorriso e augurato buona vita e buona fortuna.

*

Doranna Ferretti era in uno stato di ansia spaventoso.

Era una magnifica giornata di sole a Londra, raggi di luce scendevano diagonali nella piccola chiesa dal vetro della finestra sopra l'ingresso, illuminando tutto l'interno in stile ionico.

Nelle due file di panche, divise dal percorso centrale che portava all'altare delimitato dalla balaustra, i Murray e alcuni amici attenevano l'arrivo degli sposi con una certa trepidazione.

Doncaster aveva accompagnato Doranna al posto di suo padre, che non era ancora giunto dall'Italia.

Il Signor Ferretti aveva inviato una lettera in cui assicurava che sarebbe arrivato insieme a Miss Hatkins prima possibile, ma evidentemente le condizioni avverse del tempo, con quel brutto temporale che aveva proseguito per due giorni, dovevano aver rallentato il battello che li trasportava.

Jack non si era ancora visto e Doranna iniziava a preoccuparsi.

Sapeva che era ospite di sua sorella a *Winter Hall* per le pratiche ereditarie di Constance, l'aveva avvertita che sarebbe partito da lì al mattino per raggiungerla in chiesa, ma la campana di Saint Mary-le-Strand aveva già battuto le undici e mezza, e il matrimonio doveva essere celebrato per legge entro le dodici. Iniziava seriamente a essere in pena, seduta nella sedia a schienale alto di fronte all'altare, con il bouquet tra le mani che iniziava lentamente a sfiorire per l'ora calda.

Il portone della chiesa si spalancò di colpo, tutti si voltarono con un sospiro di sollievo mormorando che finalmente lo sposo era arrivato, quando videro in controluce la figura magra e allungata di Arthur Lowenbrown che sventolava una lettera, attraversando a lunghe falcate la navata per arrivare fino a Doranna.

«Fuggiti!» esalò con il fiatone, il volto arrossato come un peperone. Doveva aver corso, con la redingote slacciata, senza cilindro e i capelli arruffati. «Sono partiti stamattina all'alba!»

Doranna afferrò la lettera con le mani che le tremavano, ma le si incrociava la vista e non riusciva a leggere. Passò la lettera a Doncaster, che si era avvicinato a loro, il quale lesse a voce alta, trattenendo un'espressione ilare.

Lowenbrown, fate di Doranna una donna onesta. Vi meritate a vicenda, voi siete la persona giusta per renderla felice. Lei cerca un marito che la veneri e attenda a tutti i suoi capricci, mentre voi già la venerate e i vostri capricci fanno il pari con i suoi.

Parto con Diana prima che a qualcuno dei Murray venga in mente di sfidarmi di nuovo a duello. Dite a Doncaster che metto una pietra

sopra tutto quello che è successo, le rendo la
ragazza, perché è giusto così. So che capirà.
Buona fortuna, J. Anderson

Doranna si sentì mancare e venne raccolta da
Lowenbrown, prima di cadere come un sacco di
patate sul pavimento di marmo, con un gemito
agonizzante.

Edward scoppiò in una risata, coprendosi gli
occhi con una mano.

«Maledetto bastardo!» Wright scosse la testa,
poi non riuscì a trattenersi e scoppiò a ridere anche
lui.

Doncaster guardò sua moglie, accarezzandole il
viso preoccupato e lei, dopo essersi chiesta in un
primo momento se suo marito fosse impazzito,
all'improvviso comprese e sorrise anche lei.

L'amore non faceva prigionieri, era una cosa
che loro due sapevano molto bene.

Per quanto Anderson avesse cercato di
proteggere Diana allontanandola da sé, non aveva
potuto resistere a una donna disposta a prendersi
un proiettile al posto suo.

Wright raggiunse la moglie che aveva lasciato
la panca in cui era stata seduta, e presala sotto
braccio si avviarono a passo lento verso l'uscita
della chiesa.

«Se mi trovassi da *White's* e avessi la
possibilità di scommettere in questo momento,
punterei dieci ghinee su di te. C'è il tuo zampino in
questa faccenda» le disse a voce bassa per non
farsi sentire dalla ragazzina che stava dando

spettacolo con una crisi isterica spettacolare ai piedi dell'altare, tra le braccia di Lowenbrown, felicissimo di poter essere lì a consolarla.

«Ma in questo momento non ti trovi da *White's*» lo rimbeccò Vianna con un sussiego, «quindi tieni in tasca le tue ghinee» poi gli angoli della bocca si stesero in un sorriso, aprì il parasole e si appese al braccio del marito, mentre si lasciavano alle spalle amici e parenti, e Wright non riuscì a trattenersi dal ridere ancora per il pessimo scherzo di Anderson.

Epilogo

Un oceano blu indaco, solcato dalla spuma bianca di onde lunghe a forza quattro, spinte dal vento di Levante al largo delle coste spagnole, gonfiavano le vele della *Confidence* diretta a Madera inclinandola verso tribordo.

Sotto il sole di giugno, la fregata scivolava via liscia sotto la mano ferma del timoniere che aveva dato il via a una cantata irlandese che dava il ritmo ai marinai, giù sulla tolda, intenti a ramazzare i ponti e a sistemare le gomene.

Diana si tenne stretto il fazzoletto che le copriva i capelli per non farselo strappare via dal vento, salendo la scaletta verso il ponte di comando, dove gli ufficiali stavano discutendo la rotta per evitare di incontrare gli spagnoli, senza dover rinunciare all'approdo a Madera per il carico di vino.

Sterling fu il primo a salutarla, felice di vederla in ottima salute.

A dispetto di quello che gli uomini di suo marito aveva pensato i primi giorni, Diana non soffriva il mal di mare e dopo tre mesi di viaggio si erano rassegnati ad averla a bordo.

La ragazza si era adattata alla vita della fregata rendendosi utile in cambusa e in infermeria, senza intralciare il lavoro dei marinai, tanto che ormai era diventata a tutti gli effetti parte dell'equipaggio.

Jack aveva provato a convincerla a rimanere in Martinica nella loro piantagione di tabacco, ma dopo i primi deboli tentativi aveva rinunciato.

Accolse tra le braccia Diana, baciandola sulle labbra che sapevano di cannella e salsedine, poi sfiorò il leggero rigonfiamento che tendeva la veste sul ventre.

«Come stanno oggi le mie perle?»

«Entrambi affamati. Mr. Randal vi fa sapere che sta per servire il pranzo nel quadrato e che l'*haggis* va mangiato caldo o lo userà per pescare tonni» Diana ricambiò il bacio di Jack, lasciandosi cullare dalle sue braccia.

Sterling li precedette verso la coperta, mentre Jack passava il cannocchiale a Diana per indicarle le coste del Marocco e le guglie di Rabat che delimitavano l'orizzonte.

Diana sorrise. Avrebbero visitato presto quelle città di cui aveva solo sentito parlare.

Ogni suo sogno più irraggiungibile era stato realizzato.

Non vi era più nulla ancora da desiderare.

«Arriveremo prima del tramonto» Jack la baciò sui capelli, stringendola al suo fianco. «Mr. Jones, due gradi a sud-ovest, alla via così» ordinò subito dopo, affidando la navigazione al Sottufficiale Capo.

«Aye-aye, Sir!»